BUBBLE

[日] **武田绫乃** ◎ 著
Ayano Takeda

郭青青 ◎ 译

图书在版编目（CIP）数据

泡泡／（日）武田绫乃著；郭青青译．—杭州：浙江教育出版社，2023.7

ISBN 978-7-5722-5925-8

I. ①泡... II. ①武... ②郭... III. ①幻想小说－日本－现代 IV. ① I313.45

中国国家版本馆 CIP 数据核字（2023）第 102210 号

BUBBLE by Ayano Takeda
Copyright ©Ayano Takeda/2022 BUBBLE FP 2022
All rights reserved.
Original Japanese edition published by Shueisha Inc.
This Simplified Chinese edition is published by arrangement with Story inc. in care of Tuttle-Mori Agency, Inc., Tokyo.

版权合同登记号　浙图字：11-2023-086

泡泡
PAOPAO

[日]武田绫乃 / 著　郭青青 / 译

责任编辑：赵露丹
美术编辑：韩　波
责任校对：马立改
责任印务：时小娟
出　　版：浙江教育出版社
　　　　　（杭州市天目山路 40 号　邮编：310013）
印　　刷：嘉业印刷（天津）有限公司
开　　本：787mm×1092mm　1/32
成品尺寸：126mm×185mm
印　　张：9.625
字　　数：150 千
版　　次：2023 年 7 月第 1 版
印　　次：2023 年 7 月第 1 次印刷
标准书号：ISBN 978-7-5722-5925-8
定　　价：55.00 元

如发现印装质量问题，影响阅读，请与出版社联系调换。

目录
CONTENTS

	角色介绍与世界观	004
	序篇	009
01	阿尔戈 ARGONAUT	013
02	泡泡 BUBBLE	091
03	宇宙 COSMOS	177
04	破裂 DISRUPTION	257
	尾声	299
	解说	307

角色介绍与世界观

CHARACTERS
角色介绍

响

主人公。拥有特殊听觉,能够听见"泡泡的声音",是一位跑酷高手。

歌

拯救落海少年响的神秘少女。常穿着五颜六色的衣服,打扮十分奇特。

跑酷大战队伍
苍蓝火焰(BB)

大泽
性格温厚的大块头。擅长缝纫和烹饪。

矶崎
严肃冷静的分析官。曾经是运动员。

海
队长。注重团队合作的管理者。

兔
队伍里年纪最小的少年,性格浮躁。

真琴
NPO法人派来的科学家，负责观测重力泡。

新
跑酷大战的发起者。是"内地"年轻人唯一仰慕的成年人，也是真琴的搭档。

苍蓝火焰的对手

队伍
送葬者

队伍
电气忍者（电忍）

队伍
关东狂暴龙虾

WORLD
世界观

被淹没的东京

约五年前，世界突然下起了"泡泡"雨。因其引发的异常重力场，各地城市遭到严重损害，东京也被巨大的圆顶状"泡泡壁"包裹。圆顶形成的瞬间，东京以外地区的降泡现象顿时平息，但泡泡壁内依然不停地下着泡泡。等降泡现象好不容易停止，东京又遭遇水灾，整个城市被淹没在了水中。如今泡泡壁内依然存在着未知的重力场，车辆、建筑物悬浮在空中，呈现出一幅前所未有的异常光景。

响的秘密家园。位于只有他才能抵达的高空。

浮岛

漂流到涩谷的故障轮船。现在是苍蓝火焰的根据地。

令洋

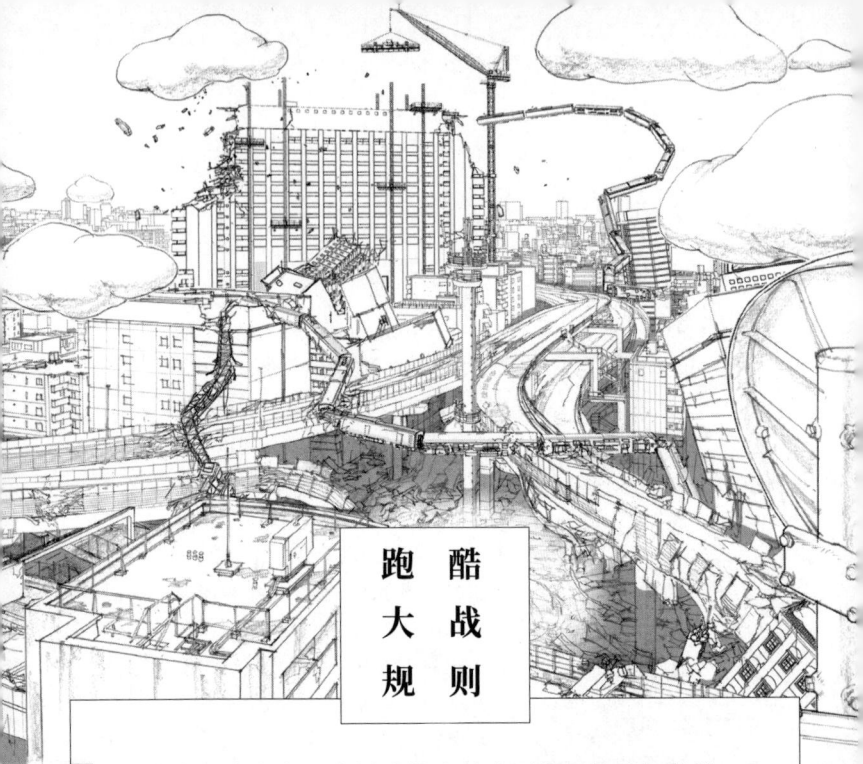

跑酷大战规则

- 从规定起点出发,先抵达终点并拿到旗子的队伍获胜。

- 从起点到终点的路途中存在许多由"泡泡"引发的异常重力场,玩家必须踩着浮在空中的"障碍物"夺取旗子。

- 队伍间允许相互妨碍,但禁止用暴力斗殴等低劣手段赢取比赛。

- 参与人数为每队五人。掉到海里则视为出局。

- 作为战利品,游戏的获胜方可全部拿走各支队伍赌上的"物资"。

© 2022年《泡泡》制作委员会

序篇

瞬间,命运从空中坠落。

少年的身体重重地砸向海面,湛蓝色的大海溅起一大片白色飞沫。遍体鳞伤的少年身上被细小的气泡紧紧包裹,在狂乱的海浪中翻滚起伏。他越是挣扎,身体就越是下沉。

——在深不可测的海底,有一座人鱼城。

随着意识逐渐模糊,少年很快停止了挣扎。他青紫色的嘴唇微微颤抖,随即轻吐了口气。包裹着二氧化碳的微小泡泡乘着海浪,与原有的蓝色泡泡撞在一起,如同引发了一场微观的宇宙大爆炸。两个气泡很快融为一体。

——人鱼城里住着人鱼国王和人鱼公主们。最小的人鱼公主有着银铃般的美妙嗓音，对海上的人类世界充满了向往。

气泡融合后迅速膨胀，随即快速收缩，裂成两个、四个……气泡不断分裂，不消一秒钟，便产生了无数的泡沫微粒。

片刻后，泡沫群开始勾勒出清晰的轮廓。先是肩膀，接着是手臂、指尖……无机质泡沫群逐渐化作一名少女。泡沫形成的下半身呈鱼尾状，在水中不住地左右摇摆。

——人鱼公主像是着迷了一般，目光始终无法从王子身上挪开。

少女看到了少年。这对少女来说是一次改变命运的邂逅。

没想到还能再遇见他！

她挥动刚成形的手臂，拨开水流，朝着少年身边游去。他柔软的黑发在水中漂荡。少女隔着吸饱水的沉重衣袖，抓住了少年的手臂。

　　见少年停止了呼吸,少女往他的口中输送氧气。虚脱的少年动了动指尖。

　　一定要救活他。

　　少女怀着坚定的决心,抱紧了少年的身体。肌肤下散发的热量,是少年活着的证明。

01
阿尔戈
ARGONAUT

【side[1] 响】

东京被抛弃了。

五年前,这句话不知听过了多少遍。电视台、报纸、网上……世人都这么说,可十七岁的响依然生活在东京。所以,东京并没有被抛弃。至少响是这么认为的。

搭在护栏上的手臂隐约能窥见骨骼与肌肉的线条。沿着护栏上竖向排列的铁柱往下看,映入眼帘的是一双十分合脚的靴子,底下是混凝土质地的地板,上面铺着不知名的方形灰色地砖。

---

1. **指故事主角的视角。**

往护栏外看去，习以为常的东京风景在视野中蔓延开来。

崩塌的建筑群——被管理员抛弃的建筑严重劣化，锈迹斑斑的墙壁上长满了爬山虎。

由于海面急速上升，东京一带被淹没到了第四层楼的位置。五年前使用的道路全部消失在了水底，如今只能靠专用小型船只在水面移动，或是在空中跳跃前进。

响抬起头，空中飘浮着的透明泡泡在阳光下尤为耀眼。不同于海面漂浮着的奶油质地的细微泡沫，那是一种肥皂泡般的圆形泡泡。

五年前，世界下起了泡泡雨。

也就是所谓的"降泡现象"。恐怕已经写进社会教科书里了吧。因为很久没有去过外部世界，响也不知道如今的教科书里都有哪些内容。

欧洲、大洋洲、非洲、亚洲……当然，身处亚洲的日本也没能躲过大范围降泡现象的摧残。某天，全世界范围的降泡现象突然停止。

——除了被爆炸事件影响的东京。

五年前的某天，降泡现象的爆炸中心地之一——东京被巨大的圆顶状"泡泡壁"包裹。几乎覆盖了二十三区所有地盘的"泡泡壁"呈半球状，圆顶形成的瞬间，东京以外地区的降泡现象顿时平息，但泡泡壁内依然不停地下着泡泡。堆积的泡泡溃破后变成水，淹没了东京的众多地区，从此东京不再是日本的首都。

降泡现象给东京带来了不可估量的损失。泡泡壁内产生了未知的重力场，受其影响，部分车辆和建筑脱离地面，至今仍悬浮在空中。更重要的是，还有无数泡泡一动不动地飘在空中。

虽然都是泡泡，但性质各不相同。水面的细微泡沫不易溶于水，大多堆积在东京的海面上。

相对地，飘浮在空中的泡泡乍看之下像肥皂泡，且大小不一，大的比人还要大，小的只有米粒大小。

这些泡泡虽然看上去一样，但耐久度各不相同。没有耐久度的泡泡就像肥皂泡一样，一碰即破。相反，若是耐久度较好的泡泡，即便施加物理刺激，也不会轻易破裂，若是施以外力，还可以产生较强的弹力，触感类似于弹性较好的橡胶球。

泡泡的耐久度千差万别，要想区分开来，只能亲自去触碰、试探。当中有一碰即碎的泡泡，有施加一定力度才会破裂的泡泡，还有可以轻松承受人体重量的泡泡。

飘浮在东京空中的泡泡乍看之下并无差别，但性质截然不同。

响用手撑住护栏，轻盈地跨了过去。鞋底脱离屋顶，身体经历瞬间的腾空后，降落到了飘浮的泡泡上。泡泡当即反弹，将响的身体推了出去。只要灵活运用这股力量，便能轻松地在空中跳跃前进。

响跳跃着穿过形同废墟的楼群的裂缝，拿下头上的耳机。风拂过耳朵的感觉十分舒适，被汗水濡湿的黑发似有似无地掠过耳畔。响用舌尖舔了舔干涩的嘴角。

爆炸发生那天，东京大批居民无辜丧命。

政府当即下达避难指令，幸存者们纷纷逃离都市。后来世界各地争相派遣调查队进入空荡荡的东京，但谁也没能解开谜题，最终空手而归。

伟大的学者桑等人表示，目前还没有证据表明泡泡壁会对人体产生影响。但考虑到长期逗留可能会危害身体健康，加上里面存在局部性的重力异常以及建筑倒塌的风险，政府已将东京划为禁止居住区域。

但响并不知晓这些。

如今,东京依然居住着一群被称作非法滞留人员的年轻人。他们无视政府数次下达的驱逐命令,利用东京的特殊环境,乐此不疲地展开着危险的跑酷大战游戏。响也是其中一员。

他们并非有多热爱东京,只是觉得反正都是孤身一人,去哪儿都没有差别。

"喂,对于接下来电忍和 BB 的比赛,你赌哪边赢?"

"问这个有意义吗?BB 迄今为止可是 42 战 37 胜哦!"

旁人的议论声无意间传入了正在泡泡上跳跃前进的响的耳中。他扭头看了看,发现废弃大楼的屋顶一角坐着两个男人,正在那儿闲聊着什么。

他们穿着能够让人联想到祭祀服的个性服饰——肥大的短裤,酷似肚兜的贴身上衣。没错,这些人是关东狂暴龙虾的成员。

男人们似乎没有注意到这边,依旧在那儿喋喋不休地闲聊着。

"但是,这次比赛是电忍的主场吧?"

"那前辈可以赌电忍赢啊。"

"那不行……毕竟 BB 的王牌那么厉害。"

"前辈不是说，跑酷大战的魅力在于谁也不知道接下来会发生什么吗？"

跑酷大战是内地——对泡泡壁内侧的称呼——年轻人间十分流行的一种游戏。据说是对战与跑酷的结合体。

自从被划分为禁止居住区域后，内地便成了法外之地。这里没有维护治安的警察；由于通信公司早已撤离，网络信号无法覆盖这里；公共基础设施也遭到严重损毁，生活环境十分艰苦。

好在 NPO[1] 会定期发放支援物资，大伙在这里勉强能维持生活。但初期频繁出现争夺物资和地盘的情况，为了解决这一问题，跑酷大战便应运而生。

内地存在多支跑酷大战队伍，且各自都有据点。当中有四支队伍较为有名，分别是：

以秋叶原为据点的"电气忍者"。

以练马为据点的"关东狂暴龙虾"。

---

1. NPO 是 Non-Profit Organization 的缩写，指那些不以营利为目的的组织。

以台场为据点的"送葬者"。

以及以涩谷为据点的"苍蓝火焰"。

方才那两个男人说的电忍就是指"电气忍者",而BB则是"苍蓝火焰"的简称。

各支队伍需要拿出自己手里的食物和其他生活必需品作为奖品,获胜的队伍可全部拿走。因为内地基本没有娱乐项目,比赛每次都空前热闹,也有人私下对比赛结果下注。

"那你要押电忍赢吗?"

被称作前辈的男子摇摇头,另一个男人也耸了耸肩。

"我才不要!明知道会输,押他们不是傻吗?"

"就是。"

男人嘀咕着,下意识地朝响那边看了一眼,这才发现刚才的对话全被听到了,虽然他们一开始也没打算藏着掖着。

响感到有些难为情,跳上泡泡,身体瞬间腾至空中。男人们顿时目瞪口呆。

"那家伙就是BB的王牌啊。"

"哇,刚才我们的对话被听到了。"

"距离那么远,不可能听得到吧?他的耳朵得有多灵啊。"

"哈哈哈!"

略显轻佻的笑声令响倍感不快,他戴上脖子上的耳机。

耳机没有连接任何设备,里面没有任何音乐,只能堵住耳朵,隔绝周围的声音——但这样就够了。

对响来说,这个世界太吵了。

因水位上涨,曾经时尚大楼林立的涩谷街道如今已被海水覆盖。一艘巨大的轮船漂浮在被淹没的大楼缝隙间。

当初雪白光滑的船体如今已布满铁锈,用来固定船只的绳索上布满了爬山虎,零星分布的深绿色苔藓尤为显眼。

这艘"令洋"正是苍蓝火焰的根据地。

若是作为轮船使用,想必会十分便利。但很遗憾,"令洋"迄今为止从未启动过。毕竟这船已经有些年头,里面的重要零件想必早已损毁。现在的"令洋"只是一块有着轮船外形的废铁,能用来居住已经是万幸了。

响踩着泡泡快速穿梭着,最终在轮船前方的甲板上落下。下一秒,耳边传来一阵刺耳的说话声。

"响!"

略显刻意的脚步声令响下意识地皱起眉头。眼前的男子头戴薄款针织帽，帽子下露出几缕茶色长发。他有一双细长的眼睛，嘴巴向下撇着，一脸不满地瞪着响。

他叫海，是苍蓝火焰的队长。

"你去哪儿了？"

响将目光瞥向一侧。

"没去哪儿。"

"明天可是要比赛哦。"

"那又怎样？"

"你这样擅自行动我很难办啊。你可能不懂，这世上有些事情是需要团队合作的。懂吗？团！队！合！作！"

海不满地一字一句地说道。响用右手用力按住耳机。

"知道啦！"

"不，你根本不知道什么叫团队合作。大伙都奉你为王牌，简直把你惯坏了。"

"才没有。只要在比赛中做贡献就行了，对吧？"

响推开海的肩膀，打算快步离开甲板。

"明天新先生会过来，千万别丢人哦。"身后传来海的声音，但响嫌麻烦，没有回应。他并不是对海有什么意见，只是单纯地觉得沟通很麻烦而已。"令洋"的团体生活实在不适合响这类人。

走在废弃轮船的通道上，透过窗户能清晰地看到外面的景色。粗略介绍一下，"令洋"相当于一栋五层楼建筑，一二楼主要是生活区，再往上是船体必备的船长室、观测室和操舵室。

第三层的前方和第二层的后方分别设有巨大的甲板，为了区分开来，他们分别称其为"前甲板"和"后甲板"。正常来说，一般前方叫船头，后方叫船尾，但他们不懂轮船的相关知识。

利用泡泡进行的跑酷大战大多在后甲板的专门区域进行。此外，也有人把后甲板的一些地方改成放鸡笼的区域或菜园。

包括响在内，"令洋"里目前住着六名成员。

五名是跑酷大战的年轻成员，剩下一名是来自外部世界的成年人。平日基本都是六个人在这里生活，新有时会来查看情况，就是海刚才提到的那个人。

新是个略带神秘感的男人，年龄约莫四十岁，职业是向导，负责带泡泡壁外部的人进入内地。说是向导，但主要目的并非观光,新有更重要的使命。客户大多是研究重力场的学者,或是某些机构的领导。

留在内地的年轻人十分厌恶这种权力的"臭味",但大家唯独十分敬重新,因为他就是跑酷大战的发起者。

在跑酷大战出现前,这里根本毫无规则可言,也没有可以用来裁决胜负的标准,聚众斗殴是家常便饭。是新确立了规则,并推出了跑酷大战游戏。他现在也是跑酷大战的裁判。

对内地的年轻人来说,新就是领袖般的存在。但对响来说,远不止于此。

五年前,因降泡现象引发的灾害,响不幸入院。恰在那时,新出现在了他身边。

"这位是新先生,是你的身份担保人[1]哦。"护士说道,俨然一副"你应该心怀感激"的傲慢态度。

如今想来,对于无依无靠的响来说,那简直是帮了大

---

[1] 在日本,身份担保人除了要对当事人的身份负责,还需要承担监护人的义务。

忙。但当时响对护士的说话语气十分不满,总感觉对方在强迫自己感恩。

"突然听到这些,你一定很困扰吧?"

护士离开房间后,新轻轻地挠着脖子说道。响对他的第一印象是:这人十分可疑。他那头略显蓬松的长发被随意地扎在脑后,透过白色T恤能轻松窥见他壮硕的身躯。他身形魁梧,但性格随和,不会给人以强烈的威压感。

响坐在病床上,头上仍戴着耳机。他扭头看向新。

"我并没有向你求救。"

他本想装作一副冷酷无情的样子,可不知为何,话到嘴边却变成了逞强。真是幼稚!响不甘地轻咬嘴唇。

"我也没想过要救你。"

新用轻松的口吻说道。语气十分平和,不含一丝的同情或怜悯。他眯着眼睛,眼角浮现出几条浅浅的皱纹。

"但是,我没办法见死不救。"

新摸了摸留着些许胡楂的嘴唇,微微扬起嘴角。响顿时感到无趣,含糊地"哦"了一声,心想:真是个奇怪的男人。

"反正,请多关照咯。"

说着，新伸出了左手，上面残留着几处伤痕。无名指上的简易款银戒指莫名地拨弄响的心弦。

自那以后，响跟着新一起生活了五年，如今，他已是孤身一人。留在东京的人都很清楚，这究竟意味着什么，只是谁也不愿去深究——

因为这里的大多数人都失去过重要的东西。

"兔，别太逞能了哦。"

突如其来的声音将响拉回了现实。他往后甲板看了看，苍蓝火焰的成员们正在为明天的比赛做训练。

"干吗啊，老说这些，你好烦啊。"

正在噘着嘴抱怨的是苍蓝火焰最年轻的队员兔。年龄十岁左右，两侧的金发被剃光了，脑后编着两根三股辫，跳跃的时候辫子跟着一起跳动，活像一只兔子。

"重要的事当然要多说几遍。野生泡泡非常危险。"

在一旁严肃提醒的是矶崎。年龄大约二十岁，留着利落的板寸头，戴着一副黑色半框眼镜。他不仅外形冷酷，性格也十分沉着。

"不都是泡泡吗？"

兔反驳了一句，二话不说跳到了悬浮在空中的泡泡上。矶崎无奈地叹了口气。

"重力场一旦紊乱，会把你弹向意想不到的地方。踩泡泡时必须小心，要看清路线才行啊。"

野生泡泡指几乎没人踩过，不清楚指向性的泡泡。

东京到处都分布着野生泡泡，但通行路线上会用到的泡泡几乎都是固定的。飘浮在空中的泡泡虽看似相同，但性质截然不同，踩上后的回弹方式和回弹方向也各不相同。若使用未经过验证的野生泡泡，很可能会被弹到意想不到的方向，进而引发事故。

兔指着神色严肃的矶崎，哈哈大笑起来。

"矶崎真是个胆小鬼！"

"说过多少次了，鲁莽和勇敢是两回事。海里可是有蚁地狱的，一旦掉进去就完蛋了。"

"都说了没事。啊，响……"

被眼尖的兔发现后，响僵在了原地。他下意识地叹了口气，因为他实在不喜欢这种吵闹的场面。

兔从泡泡跳到甲板上，快步走到响的身边。矶崎慌忙责备道：

"响累了,别去烦他。"

"我没烦他啊。话说,响哪里累了?这家伙今天明明什么值日工作都没做。"

突然被戳到痛处,响皱起了眉头。

"令洋"的家务事实行轮班制,但不可否认,响时常把做饭、打扫等工作推给擅长的人,比如眼前的矶崎。他做事细致谨慎,时常会用抹布擦拭一些常人难以注意到的地方。

"喂喂,你要去哪儿啊?"

兔猛地睁大眼睛,若无其事地问道。

"不去哪儿,散个步而已。"

"又去'塔'那边?"

响没有说话。兔仰头看着响,双眼透着强烈的好奇心。

"响真的很喜欢那座'塔'呢。"

"……"

"干吗啊?说话啊。"

"我不太喜欢那里。"

矶崎在一旁插话道。响看了看矶崎,伸出修长的手指,指向大海的对面。远处覆盖着无数细微泡沫的海面上,清晰地漂浮着一个红色物体。

那是曾经矗立于港区的东京地标建筑——"塔"。

"那里作为东京的象征性建筑真是再合适不过了。"

矶崎摸了摸中裤下露出的小腿,以略显讽刺的语气说道。对他和居住在这里的大部分人来说,"塔"都是特别的存在。

不管是从好的层面,还是从不好的层面来说。

桌子中央放着一个大盘子,上面是用"令洋"今早产的新鲜鸡蛋和菜园的蔬菜做成的法式咸派。从中间切开能看到里面混杂的蔬菜碎片,看着像黄瓜和胡萝卜的结合体,因为这是大家在菜园种菜时擅自杂交种出来的——虽然卖相欠佳,但味道还不错。

旁边的盘子里放着用自己网来的小鱼做成的炸鱼干,长桌的各个座位前等间隔地摆放着分餐用的小盘和装有米饭的碗。看着碗里的米饭,响不由得心想:今天的晚餐真丰盛。

在如今的东京,食物是贵重物品。

因为这里没有便利店和超市,更无法网络购物。在被划为居住禁区的东京，获得食物的途径只有几种：自给自足、物物交换以及外部支援，还有通过跑酷大战赢取战利品。

苍蓝火焰目前胜率较高。日常能吃到珍贵的米饭，全都多亏了跑酷大战。

"真琴，我要盛满一点。"

"没必要盛这么满吧？吃完可以再盛呀。"

"哼。"

响坐在自己的固定席位上，嘈杂的说话声清晰地传入耳中。兔似乎又在死缠烂打，戴眼镜的女性——真琴无奈地教育了他。

真琴在黄色风衣外随意地披着一件白色外套，茶色头发被束成高马尾，固定在头顶的一侧。她是外部NPO法人派来本地调查的科学家。先前听她说，她的工作是观测泡泡壁内的重力场变化，监督留在内地的未成年人（调查泡泡对人体产生的影响），以及其他各种事项，但因为用词太专业，响没能听懂。

真琴平时戴着一副红框眼镜，整体给人一种知性的印象，年龄约莫二十岁。响只知道她是一位比自己年长的成年女性,其他的也没必要了解。

提到来这里调查的科学家,真琴是第几个了呢?先前已有多个成年调查员因为与"令洋"的年轻人性格不合而选择离开,唯独真琴在这里坚持了半年多,大幅刷新了调查员的最长逗留纪录。她唯一的缺点就是太爱喝酒,不过海说,这才是大人的魅力所在。

"没事啦,毕竟兔正处在长身体的时候嘛。"

在一旁安抚真琴的是船上性情最温和的大泽。他体格比新更健硕,个头比响要高出一个头,今年二十一岁,两侧的头发全部剃光,顶部的头发则编成脏辫束在脑后。他的手比响要大得多,但却擅长干精细活。"令洋"的缝补工作全由他一人负责。

响、海、兔、矶崎、大泽以及科学家真琴,目前"令洋"住着这六个人。

"不快点吃的话,食物会变凉哦。"

在大泽的催促下,真琴不情愿地点点头。今日晚餐轮到他们二人负责,真琴可能也希望大家能吃得香一点吧。

"是啊,好啦,兔也坐下吧。"

"那好吧。"

见大家都坐下后,真琴双手合十。

"那一起说吧,我要开动了。"

"我要开动了!"

大伙跟随指令,齐声说了起来。响没有说话,只是轻轻点了点头。他并不是讨厌这种仪式,只是觉得没必要大家一起说。

响面前的杯子上用油性笔写着他名字的首字母"H.A."。"令洋"没有规定必须用指定餐具,但杯子还是会尽量区分开来。

队长海的杯子上并没有标注名字,而是写了个自己喜欢的汉字"戒"。兔的杯子上写着他的外号"兔子",另外还幼稚地添上了"疾风冲击"几个字。大泽和矶崎的杯子上分别写着自己的名字"大泽靖"和"矶崎健太"。真琴的杯子上则留有她亲手写的名字"渡贯真琴"。

"哇,真琴,这个真的很好吃!"

海尝了一口法式咸派,激动地说道。真琴摆了摆手。

"其实是大泽做的啦,我只是负责盛出来而已。"

"你们喜欢就好,尽情吃吧。"

大泽露出欣慰的笑容,继续往海的盘子里添了块法式咸派。在一旁注视着的兔低头"哈哈哈"地笑了起来,海在桌下踢了踢他的脚。

"是昨天收获的那些吗?"

矶崎边用筷子对半划开盘子里的法式咸派,边向大泽问道。

"没错,这次收获的蔬菜上虫眼比较少,真是不错。"

"明天可以做炖菜吧?"

"也可以跟鱼一起炖,做一道美味的日式菜肴。要是有味噌汤就好了,可惜味噌太难弄到了。"

"说不定明天比赛的战利品里就有呢。好想用黄瓜蘸着吃啊。"

"这主意不错。酱油也快没了,需要补充一点。"

响将目光从正在交谈的二人身上抽离,径自戴上耳机。餐具间的摩擦声、椅子的吱呀声、海面似有似无的波涛声——即便不特意倾听,也能感觉到,这个世界充满了各种声音。

"戴耳机不觉得碍事吗?"

一只被白色衣袖包裹的手臂挡住了响的视线——坐在隔壁的真琴将一块法式咸派放到了响的盘中。

"不碍事啊。"

听到响的回答,真琴扫兴地哼了一声。

"你平时都听什么歌?"

"什么也不听。"

"什么也不听?什么意思?"

"就是字面意思。我戴这个不是为了听歌,只是为了隔绝外界的杂音。"

对响来说,隔音耳机已然成为他身体的一部分,这个世界太过嘈杂,戴上耳机多少能好受一些。

自打懂事起,响便开始因自己过度灵敏的听觉感到困扰。但经历五年前的那场灾难后,周围的噪声似乎减少了一些。

这里没有汽车,没有电车,没有电话前刺耳的交谈声,更没有泛滥的机械声。

"对'愚者'来说,幸福就是不去触碰自己不该知道的东西。"

"什么?"

突如其来的台词令响微微皱起眉头。真琴用筷子较细的一端切起了咸派。她将红色筷子插入蛋黄,在裹满食材的咸派中间粗暴地划动。

"我父亲常说:'我不愿成为愚者,即便能得到幸福。'我也这么认为。"

"为什么突然说这个?"

"就随便说说,没有为什么。非要说的话,就是想给充满烦恼的年轻人打打气吧。"

"因为这是你的工作吗?"

"我可没这么想哦,不一定什么事都非得跟工作扯上关系吧?"

"话虽如此,可真琴能留在这里,全是因为工作吧?"

坐在对面席位上的兔突然插起话来。

"对比你年长的人要用敬语啊!"海连忙指责他不懂规矩。不过,周围人对真琴直呼其名已经不是一两天的事了。

兔吞下口中的米饭,调侃似的说道:

"真琴肯定是因为工资很高才留在这里的吧?不然绝对不会这么干。"

"工资当然是很重要的衡量条件啦,毕竟我是大人了嘛。"

真琴不以为然地说完,往口中塞了一条炸鱼干。看着她豪爽的样子，矶崎不禁露出苦笑，海则笨拙地说了一句"即便如此，真琴也很优秀"。

在响看来，真琴的豪爽不过是一种善意。NPO法人此前派来的科学家全都用可怜的目光看待他们，认为他们应该受到保护，但真琴的眼中没有流露这种阴郁的感觉。

"真琴小姐，你也可以永远留在这里啊。"

对于海的热情邀约，真琴耸了耸肩。

"至少在泡泡休眠期间，我会一直待在这里，毕竟你们是我重要的调查对象呀。"

第二天天气晴朗，是举办跑酷大战的好日子。空中的透明泡泡在阳光下闪烁着梦幻的光辉。

"穿好救生衣。"

"知道了。"

面对海的提醒，兔不耐烦地鼓起脸颊。跑酷大战对服装没有规定，但每个小队都会提前穿好救生衣，毕竟比赛途中随时存在落水的风险。

出发点定在某栋废弃楼的屋顶。响微微伸了个懒腰。对面大楼的屋顶站着今日的对战对手——电气忍者队的成员。

跑酷大战的规则很简单：从规定的起点出发，先抵达终点并夺得旗子的队伍获胜。不同于田径比赛，跑酷大战没有平坦的路线，只能踩着高低不同的障碍物和泡泡，用跑酷的方式跳跃、攀登、奔跑前进。跑酷大战允许不同队伍互相妨碍，但禁止用暴力斗殴等低劣手段赢取比赛。

每队派五人参加，参与人员一旦落入海中，则视为出局。苍蓝火焰派出的成员是海、响、矶崎、大泽和兔。因为没有多余成员，游戏期间无法替补。

"我不太擅长对付秋叶那家伙。"

矶崎伸了伸手臂，对大泽笑着说道。穿上赛服后，矶崎的手脚显得更为修长，线条流畅的肌肉让人不禁联想到田径选手。

他用手指扶了扶黑框眼镜，看向终点的方向。

"大泽，你呢？"

"我对自己的速度没有自信，反正尽可能跟上你们吧。"

"说起来，海那家伙真是干劲满满啊。"

"是因为真琴在看着吧？"

大泽用手挡住阳光，看向远处的终点。此次跑酷大战的终点设在一栋大楼的屋顶，未参赛的队伍成员、裁判新以及负责应援的真琴会拿着望远镜在远处观赛。

响深吸了口气，胸腔随之隆起。他用力按住两侧的耳机，周围的杂音顿时减弱了不少。

相比其他街道，秋叶原的色彩尤其浓重。大楼上垂下色彩各异的广告条幅，上面写着"联名咖啡厅""偶像舞台"等文字，以及过去很久的日期。被水淹没的电线杆、错综交杂的电线……随处都能看到破败、老旧的物件。唯独五年前播放的那部动画片的女主角依旧如初，依然从巨大广告牌里微笑地看着这边。

鸟群叽叽喳喳地在空中飞翔，旁边飘散着各种建筑碎片。因泡泡引发异常重力场的区域不仅有建筑碎片，还有自行车、汽车等大型物件飘在空中。这些不可思议的光景如今在东京随处可见。

"BB 集合！"

海一声令下，正在热身的队员全部聚集到了屋顶的一角。响特意与大伙保持距离，在勉强能听到队长声音的位置坐下。

海扯了扯头上的针织帽，稍稍瞪了一眼不远处的响。但响这人一向如此，海也只好作罢。他无奈地摇摇头，扭头看向其他队员。

"今天的对手是电忍,一个擅长团队合作的队伍。他们很可能会使出自己的'撒手锏',我们最好也要有所防备。"

"我……我!我想从正面突破!"

兔举起手,蹦跳着说道。

"那兔负责 C 路线比较好。"

说着,矶崎耸了耸肩。

秋叶原区域已经举办过多场官方比赛,路线基本已经固定,现在主要有三条路线:

从东边绕路前往终点,落脚点较多的 A 路线。

从西侧踩着被淹的楼房和铁架前进的 B 路线。

以及基本没有稳定的落脚点,但离终点最近的 C 路线。

这三条路线最终都会汇集到一个位置,也就是秋叶原最难攻克的重力旋涡区域。正下方的海面上有大量被称作"蚁地狱"的旋涡。

蚁地狱是降泡现象平息后在多地出现的一种怪异现象,物体一旦被吞噬,就会被拖入海底。如今大家都会自觉地避开蚁地狱周边的危险区域,所以近来并没有发生什么重大事故。

"那我和兔负责C路线，矶崎和大泽通过A路线妨碍对手，B路线的佯攻任务就……"海顿了顿，指着不远处的响说，"由响负责吧。"

响没有回应，因为他觉得没必要。

见四位队友讨论得正起劲，响默默地离开了那里。他翻过护栏，踩着悬在空中的木板，来到隔壁大楼。

大楼的配套电梯早已无法使用，如今只能靠外部的楼梯上下各楼层。今天前来观看比赛的人大多聚集在楼梯上，或是坐在摩托艇内。

响在淡蓝色的连帽衫外套了一件救生衣。衣服穿戴好的那一刻，他的内心也跟着紧张起来。他扯了扯极具弹性的裤脚，虽然平时都是穿这身衣服参加比赛，但他还是想确认一下是否会影响动作。

他希望自己能以完好的状态参加比赛。

"比赛差不多要开始了。"

聚集在下方楼梯上的观众兴奋地对身边的伙伴说道。尽管知道这话并不是对自己说的，可响还是不自觉地皱起了眉头。

他戴着耳机，跳到作为比赛出发点的楼顶。双方队伍的成员早已抵达了那里。

"你也太慢了吧!"海瞪着响说道。他嚅动嘴唇,无声地说了句"团队合作"。响不满地咂了咂舌。

海总爱把团队合作、约定什么的挂在嘴边。响当然知道这些很重要,但需要团队合作的是海他们,而不是响。如果只有合作才能赢,那换个角度想,只要能赢,不合作也行,不是吗?

对面电气忍者的成员正神色严肃地看着终点。固定在柱子上的扬声器里隐约传来新的呼吸声。

"苍蓝火焰 vs 电气忍者……预备,开始!"

【side 苍蓝火焰】

瞬间,十名选手一齐冲了出去。

泡泡壁将浸水区域笼罩起来,使东京彻底与世隔绝。一群年轻人正在内部的泡泡上疾驰着。

废弃车辆、堆积如山的废弃招牌都是绝好的落脚点。选手们穿过点缀着俏皮美少女图案的漫画茶餐厅招牌,登上高度超两米的巨大游戏角色手办，跳过大楼间的缝隙，不断往高处奔跑。

跑酷大战并非中规中矩的赛跑游戏，己方的目标是比对方先抵达终点，那就意味着，可以设计妨碍对手。

"先走咯！乌龟忍者！忍忍！"

兔体形娇小，动作轻快敏捷，加上喜欢四处挑衅，十分擅长扰乱对手的动向。

"真碍事！封锁路线C，拦住BB那个小不点。"

电气忍者的队员咬牙切齿地说道。兔伸了伸舌头，在大楼间翻滚跳跃。"真是难缠！"对方烦躁地咂了咂舌。

在稍后的位置处，海正在追赶领先的两名对手。他正踩着被水淹没的拱桥顶端向前疾驰。涂层剥落的铁架上分布着大大小小的裂缝，人一不留神便会坠入海里。

海一口气冲上平缓的斜坡。试图追赶兔的对手看了看身后，焦急地喊道：

"可恶！马上要被追上了！"

"击溃他！"

话音刚落，敌方选手快速转身，朝海的方向逼近。其中一人使了个眼色，维持原有的速度猛地扑向地面。海踩住那人的肩膀，顺势猛蹬第二名对手的身体，借此避开攻击。"扑通！"桥下溅起一阵飞沫，对手掉了下去。

"海，你也太慢了吧！"

摆脱敌方追踪的兔朝着海咧嘴一笑。

"我是在帮你扫除障碍啊。"

"我才不需要你帮我扫除障碍。"

"别得意忘形哦。看，不赶紧走的话，那些家伙又要追上来咯。"

"知道了。"

海和兔在 C 路线上疾驰。与此同时，大泽和矶崎正在 A 路线上奋战。

苍蓝火焰队伍中，矶崎的脚程最快，若是在地面，绝对所向无敌。他那有力的肌肉如弹簧般活动自如，看到他那完美的身形，任谁都会觉得他是个训练有素的田径运动员吧。

旁边的大泽负责确认后方的敌人。大泽个头较高，视野宽阔，容易捕捉到细微的变化。

秋叶原的路线中，选择 A 路线和 C 路线的对手较多，阵形也基本相似，关键在于要灵活避开各个不稳定的落脚点，突出重围，抢先抵达终点。另外，还要在路线上安插队员，干扰速度较快的对手，这点也十分重要。如果说海和兔是进攻者，那大泽就是防守者。

"对了，没见到响呢。"

大泽往周围扫视了一圈，担忧地垂下眉毛。矶崎也露出苦涩的神情。

"是啊……肯定又跑去哪儿了吧。那家伙总是突然玩消失。"

"队长没告诉他要负责B路线吗？"

"那家伙做事看心情，肯定是玩腻了，放弃比赛了。"

"如果是这样的话，那今天就等于是四对五？"

"是啊……怎么想都不太妙。"

矶崎用食指扶了扶眼镜，看向远处大楼的方向，海和兔正在那里与对手展开角逐。此刻的兔再次被对手逼入窘境，横在他面前的是临近终点的最难关——重力旋涡区域。

"喂，我们把小不点逼近14区了。"

电气忍者的队员指着在C路线上飞奔的兔，朝队友喊道。与海分散后，兔成了瓮中之鳖，一点点被逼入绝境。

"真是难缠！"

兔气急败坏地喊道。他眼下所在的位置没有任何可以供他跳跃的落脚点。看着对手徐徐逼近，兔突然灵光一闪——他注意到了飘浮在附近的野生泡泡。

"喂，笨蛋，别跳啊！"

海当即猜到了兔的想法，连忙厉声制止。但兔并没有理会，得意地跳到空中。

"野生泡泡挑战！"

兔成功跳上了野生泡泡。鞋底深深陷入泡泡表面，兔被一股超乎想象的力量弹了出去。

娇小的身躯朝着未知的方向飞去。

兔被突如其来的变故吓得面无血色，他整个人狼狈地砸到了桥状建筑上。刹那间，建筑表面出现无数裂缝，原有的落脚点瞬间坍塌。因为突如其来的冲击力，原本已经老化的桥面迅速瓦解。

兔慌忙想抓住什么，但没能如愿，整个人连同建筑碎片一起坠向大海。

"兔！"在远处守望的大泽声嘶力竭地喊道。

桥面坍塌卷起的粉尘挡住了视线，本在屏息凝神地看着比赛的观众顿时喧哗起来。

一阵风吹过,粉尘散开,视野顿时变得清晰。

坍塌的桥面下方垂着一根黑色的绳索,兔正死死地拽着绳索的另一头,在空中摇摇欲坠。

"下面就是蚁地狱啊!"

各个位置的扬声器里传来真琴慌乱的声音。此刻的她站在比赛的终点位置,脸上满是担忧之色。相反,裁判新却异常冷静。

"BB成员坠落,谁过去营救?"

通过耳麦收到指令后,关东狂暴龙虾的队长准备驱动小船前去营救。可蚁地狱周边水流太快,根本无法靠近。

"来不及的!"其中一名队员喊道。确实如他所言。

"要抓不住了……"

兔咬紧牙关,重新抓紧绳索。垂下的绳索很细,几乎很难支撑一个人的重量。摇晃的绳索下方,被称作蚁地狱的巨大旋涡正在快速旋转,头顶不时落下的建筑碎片很快被吞没在肆虐的旋涡中。

"竟然去踩野生泡泡,你到底在想什么啊,兔?!"

远处的大泽慌忙改变路线。他顺着屋顶水箱上的梯子滑下,跨过破旧的护栏。"就是因为什么都没想啊!"旁边的矶崎紧张地擦了擦额头渗出的汗水。

"能在野生泡泡间来去自如的,也只有那家伙。"

"兔!"

海跳到桥拱上,但看着眼前不断崩塌的桥面,他不知该如何是好。他也想快点赶到兔身边,可他担心自己的体重会加速桥面的坍塌。

跑酷大战确实伴随各种危险,但对大多数玩家来说,这不是一项值得拼上性命的比赛。"可恶!"海愤愤地咒骂了一声,他的脸上难掩焦躁。

鸟群在脚下投下斑驳的暗影。海扯了扯头上的针织帽,看向头顶。

【side 响】

视线前方,响正站在大楼外的招牌上。那是赛场视野最好的地方,可以清晰地看到玩家的动态与比赛的进度。

响擦了擦脸上的灰尘,稍稍眯细眼睛。从这里到兔悬挂的位置,中间没有任何稳定的落脚点,但这是最短路线。

响深吸了口气，肺部顿时充满气体，胸骨被打开。他像游泳选手一样从高空跳下，举起双手，以头朝下的姿势——

从空中坠落。

在重力的作用下，响的身体急速下坠。

红色铁塔映入眼帘。响看准目标，精准地抓住铁杆，借着下坠的力道在铁塔间翻转跳跃。整个过程没有丝毫停顿，一整套动作如行云流水，若是哪个环节出现丁点偏差，必然会前功尽弃。

响睁开眼睛，快速流转的景色刻印在他的眼底：空无一人的居民楼，钢筋裸露在外的混凝土建筑，飘浮在空中的云状泡泡。

以及，如肥皂泡般的透明野生泡泡。

眼下根本没有时间想从哪里穿过，在哪里落下。所以，他几乎都是靠直觉。刻印在身体里的感觉指引着响朝正确的位置前进。

响用侧身倒立的方式跃到空中，支撑身体重量的手轻轻按住悬浮的野生泡泡。考虑到野生泡泡的弹力较大，他的动作十分轻柔。他用手轻轻按住野生泡泡，利用反弹力跳到兔紧抓的绳索旁。

兔正用右手抓着绳索。之前他顺着绳索往上爬了一段，但整个身体依旧在空中摇晃。响看准目标，趁靠近的时候用左手一把将兔抱走。

"哇啊啊！"

兔惊慌失措地尖叫起来。响默不作声地抱着他，落到一辆飘浮在空中的废弃车辆上。伴随一阵轻微的"咔嗒"声，鞋底踩到了发动机罩上。

在一旁提心吊胆地关注事态进展的观众齐声欢呼起来。兔趴在车顶，肩膀剧烈地起伏。他怀着愧疚的心情，战战兢兢地抬起头。

"响……"

无视他欲言又止的眼神，响转身跳到了附近的大楼上。

"喂，别丢下我啊！"

兔慌忙喊道。但响没有理会他，而是径自在楼顶确认起剩余的路线。大楼、信号塔、废弃车辆……终点前的路线由这些落脚点组成。电气忍者的成员已经在通往终点的路上，因为兔引发的骚乱，苍蓝火焰这边已经落后了不少。响轻轻咂了咂舌，摘下头上的耳机。

刹那间，被隔绝的杂音如同浊流般涌进响的耳朵。

乌鸦沙哑的鸣叫声、观众兴奋的欢呼声、脚下肆虐的海浪声——议论声、吵闹声以及鸟群扇动翅膀的声音。

响忍住噪声的刺激，仔细侧耳倾听。他在众多声音中不断搜寻，锁定某种特殊的声音。

轻柔、甜美而悲伤的旋律——泡泡的歌声。

泡泡释放出的微弱音波交错重叠，形成音阶，演奏出美妙的旋律。在声音的指引下，响不断地在泡泡间穿梭。当中没有一个稳定的落脚点，可响不带丝毫的犹豫。他像是走在楼梯上一般，踩着泡泡逐步往上攀登。

"喂喂，不是吧，竟然走那种路线！"

"也太快了吧！"

电气忍者的队员一脸不可思议地看着响。论地面路线，显然对方更占优势，加上刚才浪费了不少时间，但响的速度明显要快得多。

只见他动作流畅、体态轻盈地在空中穿梭。

响在泡泡上用力一蹬，顺势跳到了终点所在的屋顶。

无视周围投来的讶异目光，响一把拔起终点处的旗子。

所有人哑口无言，唯独裁判新扬起了嘴角。他举起右

手,大声地宣布:

"游戏结束——苍蓝火焰胜!"

【side 响】

比赛结束后,参赛选手纷纷到屋顶集合。响挪到屋顶的一角,抱着胳膊,靠在护栏上——他讨厌热闹。

明明只是睁着眼睛,周围的光景却擅自跃入视野。惜败的电气忍者队员一到场便沮丧地蹲在地上,脸上满是懊恼。

"可恶,大米被拿走了。"

电气忍者的队长擦了擦额头的汗,轻声叹了口气。

"是你们的修行不够。"

海领着集合完毕的队员从对手身旁经过时,如此说道。电气忍者的队长皱起了眉头。

"话说回来,不觉得你们家的王牌是在作弊吗?要是没有那家伙,我们不可能会输。"

海停下了脚步。他扯了扯头上的针织帽,不服地噘起嘴巴。

"BB能赢,又不是响一个人的功劳。"

"但要是没有那家伙,你们肯定没机会赢。"

"啊?我们肯定能赢!"

"说话如此不冷静,一点也不像你。"

"你说什么?"

海不满地瞪着对手。电气忍者的队长不屑地哼了哼鼻子。海身后的兔幼稚地挑衅起其他对手:"你们就回去吃关东煮罐头吧。"

队长扶了扶鼻子上的细框眼镜,耸了耸肩,透明镜片上倒映出海无比阴沉的脸。

"别这么严肃嘛。对了,你们有没有听过送葬者的传言?"

"送葬者?台场那个?干吗突然说这个。"

"最近有不好的传闻,你们最好小心点。"

"你都不说清楚怎么回事,让我们怎么小心。"

"听说他们穿的鞋一般人根本得不到……"

"喂,响!"

正当响聚精会神地听着两位队长的对话,兔的双手突然闯入视野——他在响的面前焦急地蹦跳着。

响离开护栏,看向眼前的队友。兔似乎只是想吸引响的注意,见响看到自己后,当即停止了蹦跳。透过宽松的袖口,能隐约窥见里面的黑色高弹打底衫。

"你为什么要把我丢在那种地方啊?!把人家丢下不管,也太过分了吧!"

"我不觉得过分啊。"

听到响不带丝毫感情的回应,兔气得直跺脚。"好啦好啦!"在一旁看着的大泽和矶崎连忙上前劝阻,说着一些不痛不痒的话。

响用指尖撩开垂至眼前的黑色发丝,长长地叹了口气。

"你刚刚那一跳,根本就没有想过后果,只是为了炫耀吧?"

"你说什么?"

内心想法被无情拆穿,兔顿时涨得满脸通红。响眯细了眼睛。

"别擅自去尝试自己做不到的事情。"

"可,可是,练习的时候,那种距离我能跳过去啊。"

"你只是碰巧跳过去了而已吧?要心怀畏惧!"

面对响的指责，兔无法反驳。响瞟了一眼手里的旗子，直接扔在了地上。旗子撞到水泥地面上，发出"咣当"的干涩声响。

"响。"

响正欲离开，刚才一直与电气忍者队长交谈的海叫住了他。

"我之前说过让你负责B路线的佯攻任务吧？"

"反正赢了，怎样都无所谓吧？"

"那可不行。要这么说的话，那你也只是碰巧赢了而已吧？"

"你真的是这么想的吗？"

"若是如此，那你把握状况的能力也太差了。"响的语气突然变得低沉。察觉到异样后，海陷入了沉默。他欲言又止地嚅动嘴唇，最终还是什么也没说出口。

意识到气氛变得有些僵硬，矶崎连忙插话道：

"别搞这么尴尬嘛，难得赢了比赛。"

"响虽然中途失踪了一会儿，但他好歹为胜利做出了贡献，兔能得救也都多亏了他。"

大泽跟着附和道。海无趣地哼了一声。矶崎拍了拍他的肩膀。

"好啦,举行例行仪式吧,队长。"

听到矶崎这番话,海终于挺直了后背。

"BB,集合!"

海重新立好旗子,叫来周围的同伴。见四位同伴聚到了一起,响也在稍远的位置站好。

"响也可以过来啊。"

矶崎大声地说道。

"他什么时候参加过。"

海不耐烦地反驳道。

四人站成圆形,默契地伸出右手。大泽的手背在底下,其他队员的手依次叠在上面。

"苍蓝火焰!"

海带头喊起了口号。

"燃烧殆尽!"

几人齐声喊道。

这个口号的评价呈两极分化,作为提出者的海认为很酷,但兔觉得十分土。

响并不喜欢这种强调伙伴关系的口号。他们玩玩倒没什么，但他不希望自己也被牵扯进去。这么想是不是有些自私？

响抬起头，看到电气忍者正在屋顶的一角举行检讨会。在一旁观望的新用运动教练般的口吻说："避开昌平桥的裂缝是个正确的判断。""谢谢夸奖！"电气忍者的队长连忙大声道谢。发现偶像注意到了自己，他的脸上难掩欣喜。

新是个优秀的领袖，他总能一视同仁地把自己的经验传授给所有队伍。

那苍蓝火焰对他来说，是个怎样的存在呢？

突然浮现的疑问久久地在响的脑海中萦绕，他故意皱起眉头。

比赛结束的当晚，"令洋"的船桥内散乱地摆放着各式各样的战利品。船桥指设置在轮船高层位置的操作区，例如操舵室等。

操舵室的前方有一扇窗户，可以清晰地看到海面的风景。各式机器整齐地排列开来，角落处设有船长专座。这般光景足以让船迷垂涎，只可惜它已经无法发动，实在有点暴殄天物。苍蓝火焰的成员早已把这里当成仓库使用。

室内的天花板上布有电线,中央的位置垂着一盏吊灯。角落处摆放着装满水的塑料储水桶,旁边放有几个用于存放战利品的箱子和储物罐,许多箱子的盖子被打开放在那里。

在"令洋"生活的成员此刻正聚集在操舵室里,也就是苍蓝火焰的成员加上真琴,总共六人。

看着大伙有说有笑的样子,响默默地坐到墙边的椅子上,扭头看向窗外。此刻的海面漆黑一片。

东京的夜晚几乎看不到灯光,只有配备私人发电机的地方才用得上电。而且,能连接网络的地方也十分有限,因为能提供通信服务的企业全都撤离了东京。但"令洋"内可以使用手机和电脑——多亏了船上的调查员,这里才有幸能连接到网络。

"太好了!一个月的大米到手!"

兔天真地嬉闹着,激动地翻看起箱子里的物品。坐在空箱子上的矶崎重新戴好眼镜,耸了耸肩。

"最烦物品分类了。"

"是吗?我倒是很兴奋哦,因为可以做的菜品增加了。要是有布的话,还可以缝补衣服。"

大泽坐在地板上笑着说道，他的膝盖上搭着一条破损的裤子。他正手持针线，为大家缝补今天在战斗中损坏的衣物。

"哇，啤酒也到手了！"

兔在箱子里来回翻找着，激动地举起罐装啤酒。海从他手中夺过啤酒。

"笨蛋，你小子喝果汁就行了。"

真琴接着夺过啤酒。

"你也未成年吧？没收！"

真琴故作老成地说完，拉开了拉环。伴随一阵"扑哧"声，白色泡沫快速涌出，有些甚至喷到了真琴的脸上，弄脏了她的眼镜镜片。

"……"

"……"

气氛似乎有些尴尬，大伙不知该如何吐槽。真琴用手指擦掉泡沫，故意咳嗽了两声。显然，她在试图掩盖自己的失败。

"反正情况就是这样。"

情况到底是怎样？在场的人一头雾水，但没人敢继续追问。

真琴拿着罐装啤酒，正欲走出操舵室，海像一条向主人乞怜的小狗，可怜兮兮地说道：

"你，你去哪儿啊？我们一起喝嘛！"

"不给！"

真琴直接拒绝，二话不说离开了操舵室。见海沮丧地耷拉着肩膀，兔幸灾乐祸地贼笑起来。

"海也真是不长记性。"

"闭嘴！唉，我也想喝一点来着。"

"死心吧，她都不把你放在眼里。在她看来，你还是个幼稚鬼。"

矶崎用略带调侃的语气说道。海无奈地从战利品中掏出一瓶果汁，一口气喝了下去。

"意思是要像新先生那样成熟吗？"

"我觉得你这样挺好的啊。"

"大泽每次都找各种理由安慰他。"

矶崎的语气中带着一丝嘲讽。大泽停下手里的针线活，沮丧地弓起宽厚的背脊。

"不行吗？"

"也不是不行，但朋友就应该让对方看清现实，不是吗？"

"我觉得矶崎说得很有道理。"

"你总是什么都说有道理。"

"可我确实是这么想的啊。"

这时，操舵室内传来尼龙袋的摩擦声。兔正试图从箱子底部掏出一个装有糖果的袋子。袋子有抱枕大小，里面放着许多独立包装的棒状零食。

"竟然还有这种东西，这个我预定了！"

兔得意地哼起歌来。海从身后用手绕住他的脖子。

"都说了，不许擅自拿里面的东西。"

"好痛好痛，我投降！投降！"

兔慌忙拍打缠在自己脖子上的手臂，但海没有要松开的意思。这一幕看着有些暴力，但对两人来说，已经是家常便饭了。

"你这家伙真是没家教，好想看看你父母长什么样。"

面对海恶毒的调侃，兔不满地噘起嘴。

"我又没有父母！话说，大家都一样好吧。"

现场顿时安静下来，静到能听到窗外的海浪声。响下意识地摸了摸耳机的表面，用中指指腹轻轻按住耳机。

海深吸了口气，用略显生硬的语气说道：

"没父母有什么关系，你还有伙伴啊。"

"海……"

兔惊讶地睁大双眼，若无其事地吐槽道：

"你老喜欢说这种老土的台词！"

"什么？"

海再次用力绕紧兔的脖子。阴郁的气氛散去，现场再次恢复了生机。

"好痛好痛，都说我投降了！"

"刚刚明明是你不对！"

"赞同！"矶崎和大泽相视一笑。

感受着温暖的气氛，响静静地从座位上起身，连帽衬衫的口袋里放着刚刚从集装箱里借来的战利品。

"咦？响，你要去哪儿啊？"

大泽很快注意到了响，疑惑地问道。响只是回了一句"去外面"，二话不说走出了操舵室。

苍蓝火焰的四个人关系十分要好，所以响待着十分不自在，因为那里没有属于他的位置。

响走上操舵室入口旁的楼梯，来到船桥的甲板上。操舵室正上方的小型甲板的四面都安装了护栏，上面配备了许多复杂的机器，如同一艘勘测船。但响没有接触过相关知识，并不知道它们的具体用途。

响用手拨开护栏上的爬山虎，将手臂搭在上面。他将右手插入口袋，拿出刚才得到的小袋子。袋子里装着一张模糊的照片，上面用毫无新意的字体写着"波斯菊"的字样。打开一看，里面是一颗漆黑得好似乌鸦羽毛的小种子，形状细长。

响将其放回口袋，看向眼前漆黑的大海。他漆黑的发丝在夜风中静静摇晃。

正下方传来的喧闹声逐渐变得遥远。响很喜欢夜晚的大海，因为它寂静，甚至透着一丝孤寂。

"啪嗒，啪嗒。"

敏感的耳朵下意识地捕捉到了人的气息。那人正蹑手蹑脚地朝这边靠近，悄悄地伸出手……就在那人即将得手的瞬间，响扭头看向了对方。

"能不能别玩这种把戏。"

"哇，吓死我了！"

被发现后，真琴吓得打了个趔趄。她红着脸，像个搞恶作剧被抓包的小孩，尴尬地笑了笑。

"果然被你发现了。"

她光着脚，手里拿着一罐啤酒。她吐出的气息满是酒味，应该已经喝了好几罐了。

"你干吗啊？"

亏你还是个大人……没等响把后半句话说出来，真琴冷不丁地取下响的耳机。

"快还给我！"

"不给！"

响慌忙伸手，但真琴将耳机藏到了身后。考虑到双方的体形差异，响完全可以靠蛮力夺回，但他觉得，为这种事生气会显得自己很幼稚，他只好作罢。真琴无趣地哼了一声。

"一个人跑来这里黯然神伤，独自耍酷。"

没有了耳机，真琴的声音比往常要吵闹，响下意识地皱起眉头。

"快还给我……"

响的语气有些严肃。真琴只好不情愿地将耳机还了回去。响重新戴上耳机,内心也顿时平静下来。

真琴站到响的旁边,仰头喝了一口啤酒。液体顺着罐子滴落到她的白色大衣上,留下一块印记。

"今天是什么情况?"

真琴轻声说道。

"你指什么?"

"你救兔的方式啊,万一掉进蚁地狱——"

"不会的。"

响打断了真琴的话语,笃定地说道。他有信心绝对不会坠落。

真琴用手理了理梳在侧面的茶色高马尾,眼神顿时变得凌厉。她恼怒地叹了口气。

"要是再敢做那种危险的事情,我就报告总部哦。到时候你们都得离开这里,即便这样也无所谓吗?"

"……"

调查对象,响想起了真琴以往说过的话。没错,对真琴来说,他们不过是调查对象。一旦认定这里不适合未成年人居住,外部就会切断对这里的援助,并以保护未成年人的名义,将响等人赶出"令洋"。

要是自己是成年人就好了,那样就可以自由选择自己的住所。响摩挲着袖口下伸出的手臂,将视线从真琴身上挪开。

"总有一天我会离开这里,但不是现在。"

"为什么?"

"因为我无处可去。"

真琴晃了晃手中的啤酒罐,小声地问道:

"你为什么总是独来独往?"

真琴的语气十分真诚,不带丝毫的嘲讽或调侃。响扭头看向真琴。在灯光的照耀下,她的半张脸显得十分耀眼。

"因为这样更方便……"

这是响的真心话。但真琴对这个答案并不满意,她眯细眼睛看着响,仰头将剩余的啤酒喝干后,将罐子放到耳边摇了摇。

"我之前就想说了,你没必要强迫自己用敬语,也没必要称呼我为'真琴小姐',因为我知道,你并不是打心底尊敬我。"

"不是你要不要的问题。"

"我都这么说了,你就听听长辈的话吧。"

真琴的语气有些严肃。响没有再说话。这是真琴第一次主动与自己套近乎,以前她从未想过要跨越调查员与调查对象之间的界限。

或许是因为喝醉了吧。响无聊地握紧拳头,旋即又松开,反复如此。大人真是狡猾,可以轻易地把喝醉了当作借口。

"那我问你,你为什么要关心我?"

面对响的提问,真琴静静地垂下眼眸。越过透明的镜片,能看到她纤长的睫毛在微微颤抖。

"因为……你长得像我弟弟。"

"弟弟?"

"不过,他已经死了。"

响还是第一次听说这种事情,他一时间不知该如何回应。真琴故作轻松地咧嘴笑了笑。

"我的父母和弟弟都在五年前的那场爆炸中丧生。这种遭遇在这里并不稀奇,也没必要特意说给谁听。"

东京市内多的是失去至亲的人,苍蓝火焰的成员亦是如此。每个人都经历过失去,都有一段伤痛的过往,但没人会特意提起。

响不清楚海的过去，也从未了解过矶崎、大泽以及兔的过往。他不知道这到底是好事还是坏事，但有一件事可以确定，那就是响也从未向他们提起过自己的过去。

真琴罕见地露出严肃的神情，直直地盯着响。

"没有哪个大人忍心看到孩子受伤。"

"我并没有受伤。"

"但你可能会在下一场比赛中受伤。这是我个人的坚持，我不想看到你受伤。不只是你，其他人也一样，我不想看到任何人受伤。我甚至想取消跑酷大战这种愚昧的游戏。"

"那不可能。"

"我知道。所以，我只能要求你们不要胡来。"

要是能爽快地答应她该多好，但响没有说话，因为他也不敢保证今后会不会胡来。万一再次发生今天这种事情，他可能还是会义无反顾地采取相同的做法。

两人陷入沉默。

这时，"塔"的方向传来的异响打破了现场的宁静。响惊愕地抬起头。声音颗粒维持着微妙的平衡与美感，宛若来自宇宙的歌声,又好似海豚的低吟。

"我又听到了!"

"听到什么?"

响没有回答真琴的问题,顺着船舷跳下。他强烈地感觉那声音在呼唤自己,之前也听到过几次,而且每次都会莫名地被"塔"吸引。必须去一探究竟!

——无关理性,本能如此告诉自己。

响跳上一艘停靠在附近码头的小型摩托艇。发动引擎后,摩托艇震动起来。

"不是吧!你又想让新先生为你担心吗?"

真琴将身体探出护栏,发疯似的喊道。但响没有理会,擅自驾驶着摩托艇起航。

"我说你!有没有听进我刚刚说的话啊!喂!"

摩托艇越走越远,真琴的声音也越来越小。他当然知道这样会害大家担心,但他没办法抑制内心的焦躁感。

现在,作为爆炸中心地的"塔"上方被一团奇怪的积云包围着,上面密密麻麻地布满了大大小小的气泡。云的内部产生了复杂的引力场,任何机器都无法观测内部是否存在磁场异常。当中的未知引起人们的恐慌,甚至有人传言在里面看到了幽灵。总之,各种不科学的谣言层出不穷。

响将摩托艇停在"塔"的脚下,旋即跳上铁架。"塔"的红色铁架上刻有许多十字记号——每来一次,响就会在上面做个记号,这是他之前多次尝试登顶留下的痕迹。

五年前,爆炸发生前,前来"塔"内游玩的人还可以乘坐电梯前往瞭望台。如今,电梯已经完全报废,要想登上塔顶,就只能踩着铁架跳上去。

响摘下耳机,声音变得更清晰了。他决定要跳到铁架损坏断开的位置。他用力抓着铁架,设法跳到了上面的位置。

"16区……通关。"

响从口袋里掏出一把小刀,在铁架上刻下一个新的印记。前面的路还很长,可即便如此,他还是想尽可能地靠近那个声音。他也不知道为什么,只是受到本能的驱使。

响站在部分铁架倒塌形成的不稳定支架上,抬头看着"塔"。厚厚的粉红色积云环绕着瞭望台,声音确实是从里面传来的。那是一种十分奇妙的音色,像人的歌声,又像金属的碰撞声。

响用手背擦了擦嘴唇,集中精力聆听。接下来是未知领域。响瞄准高耸入云的铁架，奋力一跃，踩住铁架的瞬间用力一蹬，借着惯性跳到了泡泡上。这里没有稳定的路线，瞬间的判断失误都是致命的。

此前从未抵达的积云上方，那些神秘的声音应该就是从那儿传来的。响踩着因异常重力场飘浮在空中的建筑碎片，跳到"塔"的玻璃墙上，接着一口气攀上墙面。响看准涂层剥落的铁架，猛地跳了过去。

穿过积云层，瞭望台初次映入眼帘。

"成功了！"

响下意识地喊道，这是有史以来最好的纪录。在布满积云的模糊视野中，响拼命伸长胳膊。在那一瞬间——

"有人？"

瞭望台上出现一个人影。不可能。没错，大脑第一时间做出否决。从五年前开始，那里就再也没人靠近过。这太奇怪了。但是……刚刚那一幕又该如何解释？

响开始心生动摇。高度集中的精力突然被打断，他顿时失去平衡，整个人从高空跌落。身体急速下坠，胃里的东西仿佛在倒流。

这里是积云里的异常重力场，快速下坠的身体突然被拽向侧面，飘浮的物体不断地撞击背部，响感到无法呼吸。他的身体重重地撞到铁架上，后背传来一阵钝痛感。但他无暇顾及这些，他如同猫咪爪下的毛线球，被无情地抛往不同方向——从上到下，从左到右，甚至从下到右。每当重力方向改变，响的身体位置也会发生变化，接下来又是从下往上。

"糟糕……"

正下方的物体令响顿时面无血色——那是重力异常引发的空间扭曲，大家都称呼这种小型黑洞为"蜘蛛巢"。

它正在响的身体下方张开血盆大口。

响咬紧牙关，忍住浑身的疼痛，在下坠的途中，用力猛踹周围的建筑碎片，同时极力扭转身体，设法避开蜘蛛巢。其间，响口袋中的小刀不慎被甩出，掉落到了蜘蛛巢中。小刀很快被吸入巢穴，消失在了黑暗中。

响勉强躲过了蜘蛛巢的吞噬，但依然无法阻止下坠。穿过积云，他的身体开始朝着反方向坠落。"扑通！"漆黑的水面溅起一阵飞沫。

大海很危险，千万不要靠近！周围的人三番五次这么强调是有道理的。因为异常重力场不仅会影响地面，平时看不见的海底也会变得异常凶猛，宛若地狱。

猛烈的水流将响的身体拖入海底。他随着水流不断翻滚，途中不断撞到各种物体。响勉强睁开眼睛，发现自己正置身昏暗的海底，周围的光景仿佛完全不属于这个世界。

沉在水底的建筑群如同一座海底都市。腐朽的电车、破损的车辆、变色的招牌、大大小小的建筑碎片……到处散落着破旧的物件，像鱼群般在海底交错穿梭，有时会不规则地改变前进方向，保持原有的速度碰撞在一起。与车辆碰撞的电车表面很快出现凹痕，相互撞击的建筑碎片瞬间化作沙砾。就像河流上游的石头在流到下游的过程中会被磨去棱角一般，海里的物体也会相互碰撞，不断改变形状。

当然，人类也不例外。

这样下去必死无疑。响很清楚这一点，可无论怎么挣扎，身体都无法浮起。响彻底被水流吞噬，身体很快被吸入海底的电车里。电车的车顶有一半已经破损，窗户全部碎裂，门也完全变形，早已不是原来的模样。

真是糟糕透了！响很快掌握了自己的现状。现在唯一的逃脱方法就是逆流而上，可水流太急，根本游不过去。

响感到呼吸困难,浑身疼痛,难以自控地咳嗽起来,大量含有氧气的气泡从他的口中溢出。

已经没办法呼吸了。

透过生锈的窗框能看到许多褪色的招牌,例如画着动漫女孩图案的女仆咖啡厅招牌、身穿制服的女高中生害羞地依偎着祖母的照相馆招牌、点缀着时尚女性图案的时尚服装招牌……这一切是五年前东京人习以为常的光景,如今却再难看到。

意识逐渐模糊。响没办法再憋气,嘴角不断溢出细小的气泡。

可能要死了。想到这里,响的身体突然变得沉重,手脚无法动弹。他感到四肢麻木,视力模糊。即便如此,他还是挤出最后一丝力气,用力抬起沉重的眼皮。

在伴随着海流旋涡的昏暗海底,响隐约看到了一丝希望。那抹希望逐渐化作少女的形态。

她无视汹涌的水流,径直游到响的身边。她身上包裹着无数细小的气泡,覆盖着下半身的气泡呈鱼尾状。

"人鱼?"

响下意识地轻启嘴唇,但他早已发不出声音,只有嘴角溢出一团细微的气泡。这也许是走马灯吧,响甚至冒出了这种荒谬的想法。难道这是即将死亡的大脑最后看到的荒唐梦境吗?

少女的手轻轻抚上响的脸颊。逐渐模糊的意识中,响感觉嘴唇传来一阵柔软的触感。

首先传入耳中的是海浪的声音。浪花拍打海岸,溅起无数飞沫和细小的水滴。风轻轻拂过脸颊的绒毛,透过眼睑能感觉到柔和的阳光。

"呃呃……"

微微颤抖的嘴唇含糊地哼唧了一声,响强迫自己睁开双眼。起初没办法聚焦,他用力眨了眨眼。澄澈的蓝天在视野中蔓延开来,看来已经天亮了。

响用力呼吸,混杂着海水味的空气顿时填满肺部。是氧气,没错。呆呆地思考片刻后,他这才意识到自己并不在水里。他也不知道发生了什么,唯一可以确定的是,自己奇迹般地得救了。

"这里是……"

响刚想起身,关节传来阵阵剧痛。他难以自控地咳嗽起来，浑身的骨头仿佛也在嘎吱作响。这时，一片阴影盖住了他的身体，似乎有东西触碰到了他的肌肤，他猛地抬起头。

一个陌生少女正双手交握，一动不动地盯着他。

真是一点也不协调。这是响对少女的第一印象。

她的发色十分奇特，尤其让人觉得怪异的是她的穿着。她的身上糅合了各种元素，如同一幅古老的拼贴画。

短款水手服衬衫下穿着一件条纹 T 恤；及膝短裙由不同花色的布料拼接而成，有带孔的蓝色布料、格子花纹布料等；右腿穿着黄色的及膝袜，左腿则穿着红色与藏青色相间的条纹袜；运动鞋也是一只黄色，一只蓝色。

她留着一头亮蓝色的短发，厚厚的刘海恰好遮住了眉毛，侧边的头发笔直地贴着脸颊，头顶的头发微微翘起，看起来既俏皮又沉稳。

像是把海底广告牌上的人物和插图元素全都融合到了身上。响如此想着。

"你是谁？"

少女没有回答响的问题。响以为她只是出于警惕，但从她的眼中只能感觉到好奇。

响挪动隐隐作痛的身体,缓缓支起上半身。他环顾四周,锈迹斑斑的摩天轮映入眼帘,座舱的玻璃全部碎裂,转轮纹丝不动。响在脑中勾勒着地图,逐渐弄清了自己当下的位置。

"这里离'塔'有点远……是你救了我吗?"

少女没有肯定也没有否定,只是默不作声地盯着响。

虽然她没有明确回应,但大致可以猜到,应该是自己落海后,被眼前的这位少女救起。

"你是哪里人?我怎么在这边没见过你。"

少女不解地歪起头。

"莫非你听不懂我说的话?"

女孩不会点头也不会摇头。响以为她能听懂,看来是自己误解了。

"啊……怎么办啊?"

没有问到任何信息,响有点不知所措。内地大多非法滞留人员都在各自的跑酷队伍的地盘里生活,基本没人会靠近"塔"。说实话,也只有响没事喜欢爬那座"塔"。虽然不清楚她究竟从何而来,但她应该不是来爬那座"塔"的吧?

"总之，先想办法回去吧。"

响驾驶的那艘摩托艇已经不见踪影，而且他浑身是伤，根本没办法踩着泡泡跳回"令洋"。这一带没有信号，手机也无法使用，眼前的少女看样子也帮不上忙。

正当响不知该如何是好的时候，少女突然看向大海的方向。响这才意识到摩托艇的引擎声正朝这边徐徐靠近，划开海浪的声音越来越大。

"响！"

驾驶座上的新用力挥了挥手。他头上戴着发带，刘海被全部拢起，额头裸露在外。他将摩托艇停在如孤岛般裸露在水面的建筑物旁，提高音量对响说道：

"总算找到你了，我们可找了你一晚。"

新的语气听起来很轻松，但眼中却有种如释重负的感觉，看来他真的很担心。响走到他身旁。

"对不起，新先生，这么忙还要麻烦你来找我。"

"嗯？我不碍事，反正我有的是时间。倒是真琴，她真的担心死你了，听说你不顾劝阻执意要来这里？"

"我没想让你们担心……"

"喂喂，这是失踪一晚的人该说的话吗？之前就跟你说过别靠近'塔'吧？你怎么能不知天高地厚地跑到那种地方去，那里太危险了！真琴也非常清楚这点，所以每次都想劝阻你。"

回想起自己离开"令洋"前的言行，响愧疚地扭过头。

新刚才说自己很闲，但其实响知道，他事务繁忙。能在泡泡壁内担任向导，说明他在外部世界具备一定的地位。从他的言谈举止可以看出，他是个家境殷实的人。

短袖花衬衫搭配黑色底衫，板型宽松的中裤里面搭配一条黑色的运动紧身裤，乍看之下很朴素，但他左手手腕上的表看起来价值不菲。

其实苍蓝火焰的根据地"令洋"的使用权原本属于新，是他把地盘让给了留在涩谷区的年轻人。但相对地，每当有真琴这种调查员或研究员被派遣来内地，新就会要求"令洋"腾出一个房间，安排他们住下。

有一定社会地位的新为什么要特意跑来内地，为这里的年轻人——尤其是自己操心呢？响无法理解。

"咦？响，你受伤了吗？"

响本以为自己已经掩盖得够好了，谁知还是被轻易看穿了。新从头到脚把响打量了一番，神情顿时变得凝重。

"你摔下去了?"

见新的语气突然变得低沉,响僵在了原地。旁人说什么他都不在乎,但新不一样。自打被接出院的那天起,响便对新心怀愧疚。

见响没有说话,新苦恼地挠了挠后脑勺。随即转换话题,指着响身后的位置,疑惑地问道:

"所以,那个是你的秘密朋友吗?"

"啊?"

响猛地转身,发现少女就站在自己身后。她从响的手臂旁探出头,好奇地注视着新。不,确切来说,是注视着新驾驶的摩托艇。

"不是你想的那样。"

响当即否定。新饶有兴致地笑了起来。

"开玩笑的,别生气嘛。"

"我才没生气,我掉进海里后,是她救了我。"

"她救的你?嗯……"

新摩挲着长满胡楂的下巴,若有所思地眯细了眼睛。

"你竟然会摔下去,这不像你啊。你平时不犯这种错误,而且总能为自己找好退路。"

"因为，发生了很多事情吧……"

"这样啊。不过，能活着就好……对了，你的救命恩人是哪里人？好像没见过她呢。"

少女似乎察觉到新的提问并非针对响，而是针对自己。她惊愕地睁大眼睛，不解地歪起头。

"问了也没用，她听不懂。"

"莫非是无处可去？"

"也许吧。"响代替不会说话的少女说道。

"那最好一起带去'令洋'，小女孩家一个人待在这里太不安全了。"

响看了看少女。少女也看了看响，长有纤长睫毛的眼眸中倒映出了响的身影。

"你要跟我们一起走吗？"

少女没有反应，只是一动不动地盯着响。莫非是意思没传达清楚？响迟疑地指着少女的脸。

"啊，那个……你……"

接着又指了指自己的胸口，再指了指新乘坐的摩托艇。

"愿意跟我们……"

响笨拙地比画着手势。不知道少女究竟理解了多少，只见她神色严肃地点点头。

"一起回去吗?"

听到响的话语,少女露出欣喜的微笑,用力点点头,开心地在原地转了个圈。看着她天真无邪的样子,响挠了挠脸颊,不知该如何是好。

在一旁看着的新半开玩笑似的调侃道:

"年轻就是好啊!"

"都跟你说了别去。"

"好痛!"

真琴用力拍了一下响的后背。响没敢吱声。

"令洋"的前甲板上。

见新把响带了回来,真琴顿时从担忧变成恼怒,隔着衣服拍了一下响的后背。其实力道并不算大,但因为响从"塔"上坠落时受了不少伤,身体还是会感觉隐隐作痛。

"你怎么这么鲁莽,害大家担心你,有没有受伤?"

"被你打完,变得更严重了。"

"怎么可能?给我看看你的背。"

"没必要吧?"

"行了!快给我看看!啊,都青了。"

真琴不由分说地撩起响的衣服,用冰毛巾敷在上面。响无法抵抗,只好默默地接受。

"响竟然会受伤,真是少见啊。肯定又去挑战野生泡泡了吧?"兔在一旁抱着头挖苦道。

"又不是你。"矶崎耸了耸肩。

"不觉得他们两个关系有点亲密吗?"海嘀嘀咕咕地抱怨道。

苍蓝火焰的成员似乎等了响一个晚上。兴许是在准备早饭,真琴和兔的衣服外都罩着做饭用的围裙。

"所以,到底发生了什么?"

见真琴厉声质问,响只好支支吾吾地回道:

"都说了是掉到海里去了,然后这家伙……"

"好像是她救了响,从目前的情况来推测。"

见响嘟哝半天,新帮忙接过话茬。大伙的视线终于挪到了新旁边的陌生少女身上。兴许是有些兴奋,少女不断地晃动着身体,好奇地打量起四周。她似乎注意到了寄居在"令洋"上的流浪猫,双眼忙碌地捕捉起猫的动态。

"也就是响的救命恩人。"

"真是的,总是擅自行动,给人添麻烦。"海不满地抱怨起来,"比赛的时候也是,以自我为中心。"

"不过,'东京跑酷大战是一项重视自主性的比赛'。"

"新总是这么说。"

兔无趣地吐槽道。新扬起一侧嘴角,微微笑了笑。女孩的注意力似乎有些分散,这次又被箱子上的海鸟吸引了。她稍稍沉下腰,双手撑着地面,如同一只发现猎物的猫。

真琴看了看大海,不解地歪起头。

"不过,受重力场的影响,'塔'那边的海水流向很乱吧?她竟然能把你从那种地方救回来?"

"话说回来,这孩子究竟是从哪儿来的啊?"矶崎皱起了眉头。

"从来没见过呢。"大泽陷入了沉思。

"穿着打扮也好奇怪。"兔嘀咕道。

这时,少女动了起来。她四肢伏地,猛地冲了出去,动作轻快敏捷,完全不像人类。

"什么情况?"

突如其来的举动把真琴吓了一跳。少女跳到甲板角落的箱子上,粗暴地打开盖子,胡乱地翻找起里面的物品,把不感兴趣的随手抛在一边。不消一会儿,甲板上到处都是散落的食物。

她似乎想找面食,也或许只是喜欢某款商品的包装。她拿起一个袋装面包,放到嘴里咬了起来,似乎没想过要用手撕开,尼龙袋被无情地拉扯着。"太粗鲁了!"兔惊恐地吐槽道。

"喂,别擅自打开啊!"

海试图伸手抓住她。少女一个后空翻避开了攻击,接着攀上柱子,跳进了船里。

"站住!"

海伸手喊道,但少女丝毫没有要停下的迹象。甲板上的成员慌忙追了上去。

少女路过的地方全部一片狼藉。储存的面包被咬了一口丢在一边,叠好的毛巾被翻得凌乱不堪。这哪里是人类,简直就是一只失控的野猫。

"喂,那孩子到底怎么回事啊?"

"这是什么情况啊?"

众人叫苦连天,真琴和海带头在船内追赶着。少女随心所欲地在船里四处乱窜,这次她来到了大伙作为食堂使用的公共房间,接着又一溜烟地跑进了厨房。

响等人匆忙地赶了过去。然而,眼前的一幕令他们不敢相信自己的眼睛。

因为正在准备早餐,炉灶仍开着火,灶上的锅里不住地发出"咕嘟咕嘟"的响声,透明的汤汁表面浮起了许多细小的气泡。少女似乎想确认水温,将右手伸进锅里,在汤里搅了起来。

"你在做什么呢!"

海慌忙抓起少女的右手。少女不解地看着脸色惨白的海。她明明将手伸进了滚烫的水里,表情上却没有丝毫的变化。

"谁拿点冰的东西过来!"

"水可以吧?"

大泽慌忙用桶装了点水,像拿接力棒一样用力握住少女的手腕,一把伸进了桶里。

不知少女能否感觉到疼痛,她抽回水中的右手,调皮地摸了摸真琴的脸颊。她好奇地注视着自己的指尖,不解地歪起头。

确认少女的右手无碍后,真琴长长地嘘了口气。

"真是的,被你吓得心脏都要停跳了。"

"看样子没事,真是太好了。"

大泽看了看少女的手,少女无趣地噘起嘴唇。

她看起来跟响年纪相仿,行为举止却像个乳臭未干的小孩。她不懂得区分善恶,不具备任何生存所需的常识。

"真是闹腾啊。"

稍后赶来的新爽朗地笑着说道,就像是看到一只野猫闯入了家中。

"虽然性情有点奇怪,但放在'令洋'我也更放心,总不能把这样一个小女孩丢在外面不管。"

"不是吧!"兔眯细眼睛说道。海将手肘抵在他的肩上,不情愿地点点头。

"我知道你们很不安,但说不定她能成为跑酷大战的优秀战斗力哦,刚刚她的身手那么敏捷。"

"但愿如此吧。"

海用手按住右耳,稍稍瞪了少女一眼。少女用冰冷的手心摸了摸旁边的真琴。

"响!"

突然被叫到名字,响下意识地看向新的方向。只见新

微笑着说道:

"这孩子就拜托你照顾了。"

"为……为什么是我?"

"她是你的救命恩人啊,好好报恩吧。"

"不是吧……"

"拜托咯。"

新叮嘱完,朝响抛了个媚眼。看到响无言以对的样子,兔似乎有些幸灾乐祸,在一旁"嘻嘻嘻"地贼笑了起来。

【side 歌】

"令洋"的谈话室被改成了真琴的房间。两扇门前挂着窗帘,房间中央放着一张沙发床和一张小型书桌,一角放着一个巨大的书架,但位置仍然不够,有些书被直接堆在了地板上。用于观测天体的望远镜、行星外形的装饰物件、桌上的地球仪……到处都能看到宇宙主题的物品,但随意悬挂的衣物让这里充满了生活的气息。

对少女来说,这里是未知场所。

半夜，大伙已经全部睡着，整个"令洋"一片寂静。谈话室没有窗户，周围一片漆黑，躺在旁边的真琴沉沉地睡着了。作为房间的主人，真琴没有睡沙发床，而是直接打了个地铺，把舒适的沙发床留给了少女。

为避免发出声音，少女小心翼翼地起身，悄无声息地离开沙发床。她光脚踩着地板，蹑手蹑脚地走到门口，开门走出房间，此时的真琴仍在熟睡。

淡淡的月光从过道的窗户斜斜洒入。等眼睛适应微弱的光线后，世界的轮廓也逐渐变得清晰起来。船内萦绕着苍蓝色的空气，是夜晚的颜色。

此时的少女心情舒畅。

她望向窗外，飘浮在空中的泡泡在月光下熠熠生辉，绚丽而耀眼。少女感到十分有趣，在原地轻盈地转起圈来。只有动起来的时候，她才能清晰地感受到自己的手和脚。少女的身体由无数看不见的小细胞组成。

她举起的右手上戴着白色蕾丝手套，左手上没有戴。

少女张开戴着手套的手指，旋即又合拢，反复如此。其间，她想起了之前发生的事情。

少女救起不慎坠海的响后，右手刚碰到他的身体，指尖便传来一阵温热的酥麻感，构成皮肤的物质随之裂开，右手冒出许多泡泡。这到底是怎么回事呢？

"肯定是烫伤后起的水泡吧？"

刚洗完澡的真琴走出来，盯着少女的右手说道。她的右手从中指到手背的位置覆盖着细小的泡泡。

"用这个吧，这手套掉了一只，现在只剩右手的了。"

说着，真琴从架子上拿出一只薄薄的蕾丝手套。尺寸刚好合适，仿佛为少女量身打造的一般。

穿过走廊，走下楼梯，少女停在了她想找的房间前。那是响的房间。

她悄悄地打开门，透过缝隙往里看了看。响正睡在一张双层床的下层，少女静静地看着他的睡脸。明明已经睡着了，他的头上竟然还戴着耳机。

额前垂下一缕刘海，鼻梁精致挺拔，紧闭的眼睑边缘长着纤长的睫毛。不同于白天小心翼翼的样子，此刻的他无比纯真。

少女轻轻摘下右手的手套，雪白的手背上覆盖着许多细小的泡泡。

少女咽了口唾沫。

她决定伸手摸摸少年的睡脸。指尖触碰到柔软肌肤的瞬间,接触的位置再次冒出许多泡泡,少女的指尖遭到吞噬,失去了轮廓。

少女连忙将手抽回。离开响的肌肤后,泡泡不再增加,仿佛在警告少女:绝对不能触碰。

少女咬紧嘴唇,愣愣地盯着自己的手。瞬间的触碰后,上面依然残留着他的体温。

少女用指尖轻轻抚过自己的嘴唇,嘴唇表面被泡沫微微润湿。

02
泡 泡
BUBBLE

【side 响】

响从小便知道,他是这个世界的异类。无论身在何处,他都无法摆脱那种根深蒂固的疏离感。

此起彼伏的电车行驶声、刺耳的汽车鸣笛声、信号灯处传来的刺耳机械音、四面八方传来的智能手机铃音、熙攘的人群发出的嘈杂声……人工信号充斥着整个城市。这一切都太吵了。

"你似乎有听力过敏的倾向。身体方面没什么问题,可能是其他方面的原因,但现阶段很难确定。日常生活压力较大的人容易出现这种症状,可能是自主神经系统紊乱引起的。"

医生边在电脑屏幕的表格内输入内容，边用平静的语气说道。

那是久违的小学时的记忆。

当时响年纪尚幼，医生的这番话是说给响的母亲听的。坐在旋转圆椅上的响不解地歪起头，站在旁边的母亲摸了摸响的后背，借此分散他的注意力。

响跟着母亲来医院接受了各种检查。在候诊室等待期间，母亲一直坐立不安，进入诊察室后依旧如此。

"解决方案是使用耳罩和降噪耳机。强烈的精神压力和焦虑容易引发这种症状。这位妈妈也不用太担心，帮助他减少一些声音上的负担——"

"不用太担心？你怎么能说这种不负责任的话！"

母亲打断了医生的话语，失控地怒吼道。响被吓得缩成一团。母亲的咆哮声令他心头一紧，脑中也随之嗡嗡作响。如今回想起来，他依然有种想要逃跑的冲动。

"我的孩子因为听力的问题备受煎熬。"

"这位妈妈，请冷静一点。我们理解您的痛苦，这边可以为您介绍其他治疗设施，为了孩子，请您先保持冷静，配合我们一起解决问题。"

"我……我……"

母亲哽咽着捂住了眼睛。她头发蓬乱,甚至有部分发丝沾在了脸上。医生看向响,凝视着他的眼睛。

"响,你妈妈在为了你努力,你也会好好努力对吧?"

响默默地点点头。努力是什么意思?响在心底暗暗发问。

响的母亲是个单亲妈妈。响不知道自己的父亲是谁,唯一清楚的是,父亲已经另外组建了家庭。

母亲怀了已婚男人的孩子,她不指望响的父亲接受,于是决定自己抚养。因为经济拮据,母亲逐渐被逼到了崩溃的边缘。

"所以当初劝你别生下这孩子啊!"

某次响无意间听到了外祖母在电话里这么说。母亲时常半夜哭着给外祖母打电话,谈论响的事情。当时母亲因为不满意那家医院的治疗方案,后来又辗转换了好几家。即便如此,响听力过敏的问题还是没能找到原因。

"只要治好你的耳朵,你就能像正常孩子一样,交到很多朋友,所以没事哦,不用担心哦。"

母亲太执着于"正常",她反复念叨的那句"没事"总是那么无力。

怎样才能算正常呢?年幼的响不明白。响一直觉得自己是个正常的孩子,可母亲却认为他是个怪人。

响爱母亲,母亲也很爱响,可一切都不如意。外祖母的话语和母亲声嘶力竭的叫喊声在室内回荡,响用力捂住双耳。

响知道母亲是为自己好,正因如此,他才不愿看到母亲为了自己日渐憔悴。

如今,响变成了孤儿。但这样也好。

因为这样不会伤害到任何重要的人。

【side 响】

"全新的早晨,充满希望的早晨来临!快起床,苍蓝火焰!"

真琴的声音在扬声器中回荡,正在睡梦中的响当即弹坐了起来。呼,呼……他喘着粗气,额头上满是汗水。他重新戴好耳机,用力摇了摇头。好像做了个噩梦,可梦里的记忆十分模糊。

响伸了个懒腰,后背传来一阵隐隐的痛感。昨天的伤还没有痊愈,但这点程度应该很快就会恢复。

响来到盥洗室,用水洗了把脸。后甲板上堆积了许多巨大的储物箱和储水罐,所以那里成了练习跑酷的绝佳场所。苍蓝火焰的其他成员一大早便会在后甲板上集合,大家一起做操、训练。

响基本不会参加。理由很简单,因为他觉得集体练习没有任何好处。响一般会在专门的空房里独自练习,利用船内的横梁等锻炼肌肉。

响正抓着横梁练习悬垂,手臂用力后,肌肉更显得线条分明。跑酷大战十分考验身体素质,如果身体不够结实,动作的灵活度也会受到限制。

突然,房门被猛地推开。一般这个时段很少有人来打扰,响吓得睁大了眼睛。

兔出现在了门口。

"响!那家伙在等你呢。"

"那家伙?"

响松开手,无声地落到地面。兔盯着响大汗淋漓的脸,无奈地叹了口气。

"一个人练习倒没什么,但你偶尔也要到甲板上露个脸啊。"

"在这里练习也完全可以。"

"话是这么说没错,可你要是太我行我素的话,海又会生气的。"

"无所谓。"

"怎么能无所谓呢!总之,从今天起你必须去,因为那家伙在!"

丢下这句话后,兔慌忙冲出房间。"你说的那家伙到底是谁啊?"响对着空无一人的房间低声问道。

响来到甲板上,队员们正练得热火朝天。正在做俯卧撑的海站了起来,用略带嘲讽的语气说道:

"你终于来了啊。"

面对海充满敌意的挖苦,响倍感不快。他故意装作没听见,径直走到甲板前方。这时,背后传来一阵特别的脚步声。

回头一看,昨天的少女正蹲在甲板的训练器材上。她双手垂在前面,像一只顽皮的小猫。

兔说的是她吗?响想起昨天新说过的话,一瞬间移开了视线。他只记得新拜托他照顾少女,但具体该怎么做,他也不清楚。

响决定暂时无视她的存在。少女主动跑到响的面前,响故意将脸别向一侧,但少女并没有生气,继续天真地缠着响。

响叹了口气,稍稍做了个拉伸运动,准备继续训练。谁知少女以闪电般的速度夺走了响的耳机,整个过程只发生在一瞬间,响甚至来不及反应。

"喂!"

等响回过神来,少女已经叼着耳机"噌噌"地爬到了桅杆上。停在天线上的海鸟瞬间被吓飞。

"搞什么啊!"

响不耐烦地嘀咕了一声,走到桅杆附近。正当他犹豫要不要冒险爬上桅杆夺回耳机时,少女突然失去兴趣,扭头看向别处,耳机随即掉落。

响捡起掉落在脚边的耳机,抬头看了看少女。她依然在看着那个方向,视线的另一头是那座红色的"塔"。

少女轻启嘴唇,哼起歌来。

响猛地反应过来,这是他此前听过无数遍的旋律——泡泡的歌声。这家伙也能听到吗?还是说,只是巧合?

响重新戴好耳机,摇了摇头。所幸女孩的注意力从耳机转移到了"塔"身上,真是个注意力涣散的家伙。但考虑到她没有再继续惹麻烦,响也就没有理会。他走到稍远的位置,打算继续训练。

如字面所示,跑酷大战起源于跑酷这项运动,只不过落脚点变成了泡泡和飘浮在空中的物体,但本质还是要跨越各种障碍物。不仅速度要够快,还需要加入一些吸睛的杂技元素,这也是跑酷的特色所在。跑酷大战虽然也是一项竞速比赛,但难度比平地的田径比赛要高得多。它考验团队的战略性,例如路线的选择、队员的配置等,还需要选手展现出非凡的实力,也就是要有"超厉害""超酷"的技巧。

要想做到这些,基础技能训练尤为重要。若疏于练习,会大大增加比赛受伤的概率。当然,也可能会没命。

首先是基础中的基础——"翻越",指的是越过障碍物的动作,常常用来翻越一些不用手无法越过的障碍物,例如扶手、长椅等。翻越需要在不减速的情况下流畅地衔接下一个动作,若是能力不足,可能会出现中途减速、翻越失败等情况。

另外还有从一个地点跳到另一个地点的"精准跳"。这个技巧考验落地的精准度,在跑酷大战中非常重要。因为一旦失败,做此动作的人就会迅速坠入大海。

当然,跳跃和落地技巧也十分重要。"落地技巧"指为减少跳跃对腿部带来的冲击而采用四肢着地的技巧。如果没有灵活掌握这个技巧,落地带来的冲击可能会使人短时间内无法动弹。

另外还有许多技巧,每一个都必须反复练习才能掌握。一般先从简单的技巧开始,然后再慢慢增加难度。兔刚来"令洋"时,总爱挑战一些高难度技巧,每次受伤都会被海痛骂一顿。

响借着起跳的惯性双手攀住墙壁,单手撑墙旋转翻身。这招叫"墙转"。响很快在旁边落地,扭头一看,桅杆上的少女不知何时跑了下来,学着响的样子借助墙壁旋转翻身。

发现响在看自己，少女露出洁白的牙齿，开心地笑了起来。

响没有理会她，继续在空旷的场地拧身跳跃，借助手臂力量单脚站稳，向后方抬起另一条腿，借势快速起跳，其间身体要与地面保持平行。这是一种难度较高的特技，名叫"旋子转体"。身边的兔和大泽看到不禁啧啧称奇。

响朝少女这边瞟了一眼，少女愉快地眯细了眼睛。她摆好姿势，轻松地重现了响刚才的动作，不费吹灰之力，动作自然流畅。

少女脚尖着地，快速转向响的方向，得意地挑起眉毛。起初响以为她是在跟自己较劲，但她每次都投来无比纯真的笑容。如果没猜错的话，她应该是想得到响的夸赞。

但是——

"……"

响一言不发地走到甲板的一角，他讨厌自己的地盘被人搅乱。

"那个穿着怪异的家伙也太厉害了吧？"

兔兴奋地指着少女说道。

"穿着怪异的家伙……"矶崎苦笑着说道。

"喂，我问你，你之前参加过跑酷大战吗？"

面对兔的提问,少女不解地歪起头。

"不懂的话,我可以教你哦!"

"少在这里摆前辈的架子!"

"好痛好痛!"

见兔开始得意忘形,海从身后轻轻抓住他的头。他的另一只手里拿着一本书,那是海最喜欢的"令洋"手册。好像是在操舵室找到的,里面全是一些专业术语,响丝毫感觉不到其中的乐趣。

"多亏了响,我们才能连胜那么多场。不过差不多也该培养点新战斗力了,对吧,队长?"

"你说多亏了谁?真是的,一群不懂团队合作的家伙。"

海松开兔的头,露出极度不满的表情。今天他没有戴针织帽,色泽明亮的头发在风中轻轻飞舞。

"听好了!"海对少女说道。

"为了避免其他家伙教你一些奇怪的东西,今后就由我来当你的教练。我叫海,是苍蓝火焰的队长。"

"海可是很厉害的哦,还会摆弄机器。"

"这个没必要说吧?"

海瞪了一眼在一旁调侃的兔。

"然后，这个是矶崎，记住他的眼镜和板寸头就行。他是个头脑灵活的家伙。"

"好复杂的介绍啊。"

"旁边的大块头叫大泽，擅长烹饪和针线活，住在'令洋'的话，绝对少不了他的帮助。"

"请多关照。"

"这个小不点叫兔，是苍蓝火焰年纪最小的小鬼。"

"把我说得太难听了吧？"

兔不满地撇着嘴。少女再次睁大眼睛，依次打量起每个队员的脸。

"然后——"海指了指角落里的响。

"那家伙叫响，性格就像一匹狼。"

响很想反驳，但最终还是忍住了。他可不想让海发现自己在听他讲话。

"明白了没？"

少女没有回答海的提问。

"她从昨天开始就没讲过话。"兔难以置信地说道。

"她好像听不懂话吧？"矶崎轻轻按了按眼镜的鼻托。

"可能是说不了话吧。"大泽露出了担忧的神情。

"是吗?"

海刚想向女孩确认,却发现她已经不见踪影。

"啊?"

海顿时目瞪口呆。

"哇!你在做什么啊?!"

耳边传来正在准备早餐的真琴的尖叫声,接着是鸡刺耳的鸣叫声。除响之外的四人连忙朝真琴那边跑去,而响只是慢腾腾地跟在后面——反正也不是什么大事。

真琴正在后甲板上的鸡笼旁。她在用废弃材料做成的鸡笼里养了几只母鸡。母鸡们很聪明,几乎很少跑出去,但此时它们却在鸡笼外暴走。原因很简单,有人把它们赶了出去,并且堵住了鸡笼的入口。

短裙下露出的双腿,散乱的白色羽毛——少女将头伸进鸡笼里,似乎在翻找什么。被赶出鸡笼的母鸡们见自己的领土受到侵犯,神色十分愤怒。

"喂,快住手!"

真琴大喊道,但少女毫不理会。过了一会儿,她似乎对鸡笼失去兴趣,开始追逐起了外面的母鸡,而且是用四肢行走。

"像一只猫。"兔笑着说道。"还有闲情开玩笑!"真琴急忙追了上去。眼前形成了少女追母鸡,真琴追少女的画面。响头疼地按了按太阳穴。一般人干不出这种事吧?要是什么事都得陪着她,身体迟早会累垮。

"别闹了!"

不管真琴怎么喊,少女都无动于衷。被巨大的四脚生物追赶,母鸡们吓得仓皇而逃。

响觉得自己待在这里很多余,决定悄悄离开。突然,耳边传来真琴的尖叫声。

"危险!"

响抬起头,发现一个小黑影正朝自己迫近。等反应过来时,一切为时已晚,响感觉脸上一阵火辣辣地疼。他条件反射地伸手抓住眼前的物体,仔细一看,正是被少女追逐的那只母鸡。母鸡被吓得不轻,一直惊慌地"咕咕咕"叫唤着。

"响,你没事吧?"

真琴喘着粗气朝这边赶来。手上沾满蛋液的少女又在旁边追逐起其他鸡来。看着她手指间沾着的蛋黄,响下意识地皱起了眉头。

"真是糟糕透了。"

"是啊,母鸡们刚刚受到惊吓,一直在四处逃窜。"

真琴看着正在追逐母鸡的少女说道。少女突然停下来,双眼闪烁着光芒,她的视线落在了响手中的那只母鸡上。"等等!等等!"响有种不祥的预感,连忙开口阻止。少女似乎理解了响的意思,乖乖地停了下来,不解地歪起头,似乎不明白大家为何如此慌张。

"可能这孩子从来没见过鸡。"

说着,大泽抱起了附近的一只母鸡。确认母鸡平静下来后,大泽用他宽厚的手掌抚摩起母鸡的嘴。母鸡舒服地闭上了眼睛。少女一动不动地注视着这一幕。

见少女冷静下来,大泽弯曲膝盖,稍稍弯下腰,看着她的眼睛说道:

"不能欺负其他生物哦。鸡跟你一样,也是有生命的物体,要好好爱护才行哦。明白我说的话吗?"

少女再次将头偏向一侧。

"接下来明白就行啦。"

大泽抱着母鸡,拍了拍少女的肩膀。接着转身看向响,惊讶地睁圆了双眼。

"响,你的脸被划破了。"

"嗯?"

响摸了摸脸,手指传来黏腻的触感。出了点血,但没有什么大碍,可能是被鸡爪划伤的吧。看到响用手背擦拭脸上的血,少女也跟着模仿起来,手上的蛋液被蹭得到处都是。

见少女若有所思地朝自己摊开手掌,响皱起了眉头。

"你看,就因为你到处惹事,给大家添了这么多麻烦。"

"好啦,反正也没惹出什么大事。"

真琴终于安下心来,伸了个大大的懒腰,松垮的白色围裙上多了几道褶皱。

"刚刚有好些蛋被弄碎了,不过有些还可以吃,今天早餐就多做点吧。"

"总之,得先把母鸡放回笼子。"

大泽朝着鸡笼走去,响保持一定距离跟在他身后。可能是跑累了吧,大泽手中的母鸡异常乖巧。

"哇,全是鸡蛋料理啊。"

看着桌子上摆放的盘子,兔感叹道。餐厅里飘散着新鲜面包的香味。

队员们坐到各自的固定座位上，从盘子里取起了食物。女孩好奇地往四周看了看，发现响身边有个空位，连忙坐了过去。虽说这个位子平日就没人坐，可招呼不打就坐过去，未免有些不礼貌。

大盘子里放着稍稍烤焦的枕头面包，篮子里还放着羊角面包和黄油卷等主食，每个人面前的小盘子里都放着煮熟的香肠和香菜，锅垫上的平底锅内盛着金黄色的新鲜炒鸡蛋，真琴另外递来的小盘子里还盛着一个半熟的煎蛋。

"那一起说吧，我要开动了。"

"我要开动了！"

看到身边的人双手合十，少女也笨拙地合起双手。响不肯加入，只好低头看着写有自己名字首字母的塑料杯。

茶色的水面倒映出自己的脸，上面贴着一张创可贴。尽管响反复强调只是小伤，真琴还是执意要贴。

"很适合你嘛。"

无视兔的挖苦，响默默地用叉子扎了一根香肠。海不屑地哼了一声。

"还是修行不够啊。"

什么修行不修行，还不都怪这家伙。响不满地偷瞟了一眼旁边的少女。她伸手拿起一个枕头面包，警惕地躲在角落里啃了起来。嚼着嚼着，她突然停了下来，睁大眼睛看着手里被啃了一口的枕头面包，看来她很喜欢这种味道。少女露出欣喜的神色，继续狼吞虎咽地啃了起来。

"我可不会被鸡抓伤。"

海得意地说道。

"是吗？"

真琴只是简短地附和了一句，但海并没有气馁。

"如果我告诉你们'令洋'可以启动，你们信吗？"

"哦——"

"你们能不能有点兴趣！"

"无所谓啊。话太多的人可没人喜欢哦。"

"真是没劲。对了，真琴小姐。"

"什么事？"

"这个煎蛋真的超好吃。"

"谁煎的都好吃吧？"

"不会啊，不是都说从火候可以看出一个人的性格吗？"

"啊，兔！我看你的盘子里还有香肠，我们待会儿来划拳吧？"

"能不能听人讲话啊！"

无视两个人的对话，响看向旁边的少女。刚才还在专心啃着面包的少女，这会儿注意力又转移到了眼前的煎蛋上。她用左手捏起蛋白的部分。

她这是打算用手抓着吃？响连忙递给她一把叉子。见响突然把叉子伸到自己面前，少女吓得连忙松开了煎蛋。

"这是你刚刚打碎的鸡蛋，不能再那么做了哦。"

少女眨巴了几下眼睛，接过叉子。她将叉子的尖端插进煎蛋里，包裹蛋黄的蛋皮顿时破裂，深黄色的蛋液流了出来。少女用叉子打着圈，试图将蛋液抹到煎蛋上。

盘子里很快出现一个黄色的小旋涡。

"真是个奇怪的家伙……"

响撑着下巴，轻声嘀咕道。少女端起盘子，把整个煎蛋扒入口中。豪迈的用餐方式看得真琴目瞪口呆。

"你也吃太快了吧？食物可是很珍贵的，能不能好好品尝一下！"

兔高傲地提醒道。矶崎当即"哈哈哈"地笑了起来。

"你刚来的时候不也是这样？"

"才没有!我一直都是个讲规矩的好孩子。"

"好意思说!"

见兔幼稚地噘起嘴,矶崎和大泽相视一笑。真琴将装有茶水的茶杯放到桌上,微微将头偏向一侧。

"不过,没有名字真是不方便呢。这孩子叫什么名字?"

真琴看着响问道。响更加用力地皱起眉头,咬了一口羊角面包的尖端。

"不知道啊。"

"不知道?她不是你的救命恩人吗?"

"新先生不是还拜托你照顾她吗?"海在一旁插话道。听到新的名字,响突然没了底气。他很想全部回绝,可不知为何,内心深处仿佛有一个声音在告诉自己,不能拒绝。

"你给她起个名字吧。"

真琴前倾着身子说道。周围的人幸灾乐祸地盯着面露难色的响,完全一副等着看好戏的表情。

"……"

事已至此,若是什么也不说,大伙必然会认为他是在逃避,响可不希望这样。他看了看少女,她侧脸的嘴角上沾着干掉的黄色蛋液。

"那就叫'歌'吧。"

听到响的回答，真琴歪起了头。

"为什么？"

"因为她刚刚唱了歌。"

"这是什么理由，也太随便了吧？话说回来，你说谁唱歌？"

"这家伙啊。"

响用大拇指指了指少女。大泽饶有兴致地眯细了眼睛。

"嗯？她会在你面前唱歌啊。不错啊，唱给我们听听。"

"哪有，刚刚训练的时候她也唱了啊。"

"可能一心想着训练，没注意到吧。"矶崎冷静地分析道。

"反正我没听到。"海冷淡地说道。

"我也是。"兔举手附和道。

看来他们真的没听到。少女停止用餐，抬头呆呆地看着响。亮蓝色的刘海下，睫毛轻轻地扑闪着。

响用食指指了指少女——歌。

"歌。"

接着指向自己。

"响。"

再重复相同的动作。

"歌。"

歌也模仿响的样子,指了指自己。

"响。"

然后指了指响,旋即又指回自己。她笔直地盯着响的眼睛,仿佛在告诉他"我很满意"。

响再次尝试喊少女的名字。

"歌。"

歌紧闭的嘴唇当即绽放出灿烂的笑容,喉咙里不断发出近似叹气的声音。虽然旁人并不明白这些声音的意义,但看得出来,她很开心。

"呵呵,她好像很满意呢。"

真琴拿起歌面前的塑料杯,客人用的杯子上还未标记名字。

"那这孩子的名字就确定叫歌啦。"

真琴从凌乱的笔盒里随手取出一支油性笔,在杯子的表面写起字来,然后又多此一举地用粉色油性笔在旁边画了颗爱心。

"歌……写好了。好,今后这个就是歌的杯子啦。"

歌接过塑料杯,一会儿翻转过来,一会儿放到日光灯下观察,如同一个没见过世面,对世界充满好奇心的婴儿。

真琴将手轻轻放在歌的肩膀上,对新伙伴正式地打起了招呼。

"今后请多关照哦,歌。"

歌停下手里的动作,笑容满面地点点头。

"'令洋'原本是一艘勘测船。"

刺耳的脚步声在过道里回响,海平时走路脚后跟十分用力。响挪了挪耳机,确保隔音效果已经调到最好。接着,他看向旁边的歌。她正扑闪着那双纯洁无瑕的眼睛,好奇地打量着船内的一切。

海决定亲自带新人歌参观"令洋"。响暗自庆幸,刚想偷偷溜回自己房间,"你也一起去吧",却被真琴断了后路。

海没有理会沉默不语的响和不会说话的歌,继续滔滔不绝地介绍起来。

"服役期间主要作用是测量水深,调查海底的地形,监测海流和海水温度。像真琴小姐那样的科研人员会被派往这里，也是因为船上有这些设备。另外，船上有很多地方安装了天线对吧？每种都有不同的用处哦。有些用于卫星通信，有些则用于气象勘测。前甲板上的大型机器主要用来抛锚和收锚。因为'令洋'后来没启动过，那台机器也就闲置了下来。"

海伸出手指，指了指上面。

"最高处的船桥就是我们常说的驾驶室。驾驶'令洋'其实与驾驶车辆一样，需要用到方向盘。另外，'令洋'除了具备勘测船的特性外，还配备了全向推进器，使船可以长时间停留在一个地方——"

海顿了顿，交替看了看响和歌的脸，高傲地哼笑了一声。

"不过，这些对你们来说可能太难了。"

"没有人要求你说这么多啊。"

"真是个不懂感恩的家伙，但我可不是说给你听的。"

三人走下楼梯，往底层走去。歌盯上了通道墙壁上的金属板，那是一张船内的平面图。

"底层设有机械室、机械操控室、谈话室和备用房。现在备用房已经变成了队员的私人卧室,每人一间。所有房间都配有双层床,因为早期的船员都是两人一个房间。谈话室是真琴小姐的私人卧室,也就是昨天歌留宿的那个房间。"

不知道歌是否听懂了海的话,她只是点了点头,脸上看不出任何情绪的变化。

海的手指在金属板上游走,接着停在了上一层的位置。

"上面一层设有浴室、厕所、观测准备室、厨房、餐具收纳室和公共餐厅。然后,从那边上楼梯,可以登上第二航海船桥甲板。这里是整艘船最高的地方,这一层设有船长室、操舵室和观测室。观测室基本都是真琴小姐在用,里面有很多研究器材,千万别擅自进去哦。你要是偷溜进去的话,可能会损坏里面的器材哦。另外必须提醒一句,'令洋'搭载了多波束测深器,船底的机器会向海底发射音波,探测海底的地形——"

"知道了,别再说了。"

再让他说下去的话,怕是会没完没了,响连忙打断了他。海平时说话态度粗暴,可一旦聊到"令洋",他就像变了个人似的。他似乎迫不及待地想与人分享自己积累的知识,一旦打开话匣,便会滔滔不绝地说个没完。

"你介绍得太细致了,歌根本没听进去。"

响指着正在船里追蝴蝶的歌说道。一只斑缘豆粉蝶正在船内来回飞舞。

海扯了扯头上的针织帽,轻轻垂下肩膀。

"全是一群不懂'令洋'价值的家伙。"

"……"

响没有说话。海转过身,双手靠着护栏,将上半身稍稍转向响这边。

"不过,你竟然肯参与这种事情,真是少见啊。"

"有什么好奇怪的。"

"真是个不可爱的家伙。"

海摸了摸T恤领下的脖颈,走上楼梯。参观任务似乎告一段落,响对着还在抓蝴蝶的歌说道:

"我也要回去了,接下来你自己玩吧。"

听到响的话,歌激动地跳了起来。本以为她理解了响的意思,谁知她突然冲了过来,在不远不近的位置停下,一动不动地注视起响的脸。

"干吗啊?"

歌没有回答，只是指了指刚才那幅平面图，手指落在昨晚她与真琴聊天的甲板上。

蔚蓝的天空、碧绿的大海……东京很久没有出现过这种景致了。视线前方，部分海面飘散着无数细小的泡沫。空中飘浮着自行车和建筑碎片，中间还散落着许多透明的泡泡。

歌一来到甲板，便靠到了包裹着爬山虎的护栏上。她将下巴和手臂搭在护栏上，整个身体垂在下方。阳光无比温暖，和煦的阳光将她脸上柔软的绒毛照得熠熠生辉。

响站到她身旁，右手靠在护栏上，指着耀眼的蓝色海面说道：

"那里有很多水对吧？那是大海哦。"

歌没有说话，只是轻轻地嚅动嘴唇，试图模仿"大海"的发音。

"没错。然后那个是天空。"

响指了指天空。歌的嘴唇再次微微颤抖。

"然后那些是……"响指了指飘浮在空中的泡泡。

"泡泡。虽然那跟我五年前看到的泡泡不太一样。"

响伸手捞起一个泡泡，即便放在手心抚摩也不会破裂。

但如果用指甲划动，泡泡很容易就会破裂。

"小时候我经常独自一人吹泡泡，那是母亲买给我的。现在这些泡泡虽然看起来跟肥皂泡很像，但摸起来完全不同，很多飘浮在空中不会破裂，感觉……太不正常了。"

歌凝视着泡泡，模仿响的口型，无声地重复了一遍"正常"二字，喉咙发出的震颤声令响猛地回过神来。

"不对，忘记我刚刚说的，不用在意正不正常这种问题。"

歌离开护栏，胡乱地抓起了自己的头发。细软的发丝在风中飞舞。

"我说的话，你能听懂多少呢？"

面对响的提问，歌咧嘴笑了笑。看着她傻乎乎的表情，响无力地垂下肩膀。

"是我想多了吗？"

歌正要躺在甲板上，中途却停了下来。她指着甲板的某个位置，抬头看着响。桅杆的影子和其他物体的影子边缘洒满了阳光。

响看着刺眼的阳光，眯细眼睛说道：

"那是阳光。"

"阳光。"歌再次无声地嚅动嘴唇。

"没错,没有形状,触碰不到,但却真实地存在着。"

歌不解地歪起头。她将手伸到太阳底下,试图抓住阳光,可怎么都抓不住。

"歌刚刚在谈话室倒立哦。"

"歌那家伙,又去厨房偷吃小菜,太狡猾了。"

"我看到歌在甲板上跑来跑去。"

"歌趴在了船长室的窗户上,都说了让你看紧她。"

矶崎、兔、大泽和海相继说道。每当在船内遇到响,大家都会自觉地向他汇报歌的去向。之前他们很少主动跟响说话,可自打少女出现后,他们的关系亲近了不少,这让响倍感为难。尤其是矶崎和大泽,他们知道响有很强的戒备心,所以之前从来没有做过越界的事情。这到底是怎么回事?不过是多了一个歌,大家的态度竟发生了如此大的转变。

"歌,等我一下啊!"

明明不是在玩捉迷藏,歌却大笑着跑上楼梯。太阳已经落山了,现在是晚上八点,周围一片黑暗,唯有外侧的吊灯照亮着"令洋"。

歌来到观测室前,刚打算推开门,响气喘吁吁地赶了过来。

"完蛋了!"门被推开的瞬间,耳边传来了真琴的叹息声。歌穿过门缝,偷偷潜入了室内。无奈之下,响也跟了过去。观测室是真琴平日工作的地方,"令洋"的孩子们从不靠近。

"你们在做什么呢?"

真琴伸了个懒腰,猛地扭头看向响。兴许是在工作吧,她面前的电脑屏幕正亮着光。

室内放着几张长桌,上面摆放着几台电脑,都由真琴一人在操控。前面的桌子用来放显示器,后面的桌子则用来办公。这些究竟是做什么用的?房间里的显示器数量多到单手数不过来。

里面本来有带脚轮的座椅,可真琴偏偏要用平衡球代替。房间里侧有一张休息用的吊床,上面的毯子被揉成了一团。

"是歌擅自跑进来的。"

响实在找不到借口,只好如实报告。此时的歌正饶有兴致地盯着桌上的小猪蚊香架。

"真是个随性的家伙。"真琴笑着说道。看来她并没有生气。响悄悄地挪到真琴身旁，窥视起电脑屏幕。画面上显示着许多数字和图表，但响完全不明白是什么意思。

"真琴平时都要做哪些工作？"

"一般是负责观测吧。"

"观测泡泡？"

"没错。说得严谨点，是观测泡泡引发的重力场变化。参加跑酷大战的时候，你也感觉到了，对吧？"

响点点头。就泡泡产生的时间和强度而言，有些区域存在一定程度的规律性，有些区域则毫无规律可言。野生泡泡就属于后者，所以大家都不敢轻易触碰。将不明性质的泡泡纳入跑酷路线近似于赌博，万一泡泡破裂，不慎坠海，后果不堪设想。

"上次重力场发生突变后，可移动区域没有变化，周期性规律没有变化，下次的工作安排也没有问题……我会检查数据，上报总部。"

"重力场这东西要如何观测？"

"在泡泡周围安装重力仪。我的工作是收集这些数据并发送给总部,外部世界的人需要依靠这些数据来研究泡泡。因为泡泡无法运到泡泡壁外,想看到实物的话,就只能来现场。"

五年前,爆炸事件刚发生不久,便有人尝试将泡泡带出内地。覆盖二十三区的圆顶状泡泡壁有着肉眼可见的界限,人和物可以自由进出,但泡泡不行。无论是飘浮在空中的透明泡泡,还是覆盖在海面的细微泡沫,一旦离开内地,便会瞬间消失。

"万一机器坏了怎么办?"

"我会拜托新先生帮忙换一台新的机器。熟悉内地情况的人并不多,新先生对总部来说也是不可多得的存在,而且他本身也是个非常了不起的人。"

"哦。"

"要是没有新先生,物资的派送也会变成一大难题。物资补给直升机会定期进入内地,但他们并不清楚要走哪条路线。万一遇到重力波动,可能会导致坠机。新先生真的是个很了不起的人,为人沉稳、帅气、温柔……"

"哦……"

每当提到新的时候,真琴都会不自觉地提高音调。真是个藏不住心事的女人。

"这些你应该对他本人说啊。"

"你……你说什么傻话!"

响不过是如实地发表了自己的见解,真琴却气急败坏地拍打起了他的后背。她突然拿起抹布擦起了桌子,似乎想借此掩盖什么。

"不许开大人的玩笑哦,真是的!再说了,我来这儿是为了工作,哪有闲暇考虑其他事情。啊,工作真开心!"

"你的语气也太敷衍了吧。"

"你闭嘴,反正在你眼里我是个不可爱的女人。"

"我没说过这种话吧?"

长方形的液晶显示屏上显示着许多透明泡泡的图片,旁边标注着许多细小的数字。响看得一头雾水,但这些对真琴来说应该是很重要的信息吧?

"对于泡泡的事情,你怎么看?"

"什么怎么看?"

"大家都在散播一些毫无根据的谣言,不管是里面还是外面。"

社会普遍认为,降泡现象是一种灾难,最好不要接触泡泡;还有人认为,这证明史前大洪水传说中提到的降泡现象是真实存在的;甚至有人怀疑这是某国人工气候操控实验失败的后果。总之,世间流传着各种夸张、离奇的传言。

"目前可以确定的是,泡泡是由未知物质构成的。有人猜测它们来自外太空,但目前还没有确切的证据。相关人员还在继续研究,但要想依靠科学的力量解释清楚这种现象,可能需要很长时间。"

"这么说,你也不清楚是怎么回事?"

"我不过是个普通的研究员,我不清楚的事情多着呢。我们组织甚至有人认为'这是神赋予人类的试炼'……真是够傻的。"

真琴垂下视线,愤愤地吐槽道。很少见到她如此愤慨。

"你讨厌神吗?"

"也不是讨厌,我是觉得根本不可能存在。要是真的有神明,五年前的那场悲剧也就不会发生了。我们那样努力地祈祷,神还是无动于衷。"

真琴下意识地用力握紧抹布,手指关节上的青色血管微微隆起。她咬着嘴唇,用力闭上双眼。

等再次睁开时,她的脸上已经没有了愤怒之色。

"抱歉,说了些奇怪的话。"

"我不觉得奇怪。"

响只是不知道该说什么。窥见他人伤口的那一刻,响的心头为之一紧。真琴伸出左手,举到响的面前张开。

"你知道吗,世界在反复毁灭和重生。聚集、爆炸、散开,然后再聚集。"

"你最想弄清楚的是这个吗?"

"没错,而且我觉得答案就在泡泡——bubble 里面。"

响愣愣地重复着"泡泡"二字。眼前的屏幕上显示着绚丽的球状泡泡,这些复刻在屏幕里的虚拟泡泡,永远不会破裂。

"真琴——"

如果知道答案,你会怎么做?响刚到嘴边的话语被突如其来的敲门声打断。单调的敲门声重复数秒后,真琴刚说"请进",门便被打开了。

双手拿着罐装啤酒的新走了进来。

"新新新新新先生!你怎么会来这里?等一下,我先收拾一下,啊!"

真琴慌忙将平衡球一脚踢开。球在地面弹跳几次后，被歌开心地接住。新应该察觉到了真琴的慌乱，但他还是若无其事地走进房间。

"响竟然也会来这里，真是稀客啊。"

"是歌擅自跑来这里，我也没办法。"

"歌？"

新歪着头问道。响没有再说话。他明明只想陈述事实，可说出的话却像是在为自己辩解。

真琴拍了拍白色大衣的下摆，等心情恢复平静后，开口说道：

"是响给那女孩起的名字。真是的，那孩子一天到晚黏着响。"

"是吗是吗？关系好就行。刚好我也想来了解一下那孩子的情况。"

新笑着坐到了摇晃的吊床上。他瞟了一眼正在麻利地玩着平衡球的歌，嘴角微微上扬。

"那孩子的运动能力很好，也很擅长跑酷，要不下次比赛让她参加？"

"新先生真是的，竟然打算让一个女孩子参加那种危险的活动。"

"如今这时代男女平等,做自己喜欢的事情才是最重要的。"

"话是这么说没错,可是……"

真琴垂下视线,摩挲着自己的手臂。正在玩耍的歌突然跳下平衡球,像是被什么东西吸引了似的,跟跟跄跄地走出了观测室。"喂!"响连忙叫住了她,但歌并没有理会。

无奈之下,响只好追了上去。"看到两人关系这么好,我也就放心了。"背后隐约传来新欣慰的说话声。

【side 真琴】

在真琴的目送下,响和歌很快离开了房间。孩子们离开后,观测室顿时安静下来。新坐着的吊床发出了一阵暧昧的"吱呀"声。

"我带了点啤酒来,喝吗?"

"谢谢。"

真琴接过啤酒，战战兢兢地坐到了平衡球上。拉开拉环，一股气体从瓶口喷出。

"响的性格变得柔软了许多呢，这是个不错的趋势。"

新咧嘴笑了笑，透过薄薄的嘴唇能窥见他整齐的牙齿。真琴将目光别向一侧，喝了口啤酒。清爽与苦涩的味道在舌头上蔓延开来。

"这些都多亏了歌。"

"响是那种认定一个人就永远不会变的人。"

"这话要是被本人听到，肯定会生气地反驳你吧？"

"哈哈，他要是能坦诚地表达自己的想法，我倒是很欢迎哦。"

新将手肘抵在自己的大腿上，看向远方。他宽松的中裤底下依然搭配着一条黑色运动紧身裤。

"新先生是响的身份担保人吧？"

"算是吧。"

"你还当了其他人的身份担保人吗？"

"啊哈哈，当然没有。我还没好到那种程度。"

"那意思是，响很特别咯？还是说，你们有血缘关系？"

即便知道不可能，真琴还是想要问清楚。果不其然，新摇了摇头。

"没有没有。当我听说五年前的那场爆炸事故还有幸存者时，我总觉得自己应该做点什么。我的家人也在那场事故中丧生，没想到他竟奇迹般地活了下来，所以我忍不住想要帮他一把。"

新扬起嘴角，露出了淡淡的笑容。他略带自嘲的眼神里夹杂着一丝伤感。真琴下意识地屏住了呼吸，胸口一阵紧缩，内心涌起一阵哀愁。

新的左手无名指上依然戴着一枚伤痕累累的戒指。

"新先生很了不起，现在也依然在帮助内地的孩子们。"

"怎么说呢，说到底不过是大叔的一种自我满足而已。"

"才不是！我没办法做到你这样。虽然我也待在这里，但如果要我抛下工作照顾这些孩子，我应该做不到吧。"

"是啊，毕竟对成人来说，工作很重要。你会认真地思考这个问题，说明你是个很有责任感的人。"

"我怎么样不重要啦。"

"是吗？"

"是啊，其实我……"

"你……"

真琴仰头喝了口酒,其间偷偷朝新这边瞟了一眼。他时常低垂的眉眼给人以随和的印象,起初见到的他也是如此。新为人善良而幽默。

"我想更多地了解你。"

"了解我这个大叔吗?可能因为你身边全是孩子,没有我这样的成年人,所以会觉得特别吧。"

但他也是个残忍的成年人。

越是重要的事情,他越要划清界限。"在爱情里面,傻瓜才是赢家。"真琴突然想起大学好友说过的一句话。她暗暗地咬了咬后槽牙。

要是能当个傻瓜,该有多轻松啊。真琴卷起白色衣袖,仰头喝了一大口啤酒,喉咙深处传来一阵畅快的灼烧感。

"新先生,选择这种生活方式,你不后悔吗?"

"这问题好犀利啊,你喝醉了?"

"有点吧。"

新微微垂下眼眸,用手指抚摩着啤酒罐的表面。

"不后悔。决定卖掉自己苦心经营的公司的时候,我基本已经处于自暴自弃的状态。现在想想,那样也好。"

"好有勇气的决定。新先生,你曾经可是社长啊!"

"也许我是想重置自己的人生吧。在家人的扶持下,公司逐渐步入正轨,偶尔还能参加自己最喜欢的跑酷大赛,那时候真的很幸福。本以为我会继续沿着成功的轨道前进,谁知五年前发生一场爆炸,我的人生突然脱轨,失去家人……啊,抱歉,我话太多了,可能是喝醉了吧。"

"没有的事。"

真琴也一样,五年前的那场爆炸彻底改变了她的生活。

真琴的父母是虔诚的信徒,真琴曾经也是个自信阳光的孩子。家人总是无私地呵护着她,在她告诉家人自己想选择自幼喜欢的物理学时,他们也不曾反对,而是全力支持她的决定。

真琴相信,信仰与对科学的探索终将会合为一体。她全身心地投入学业中,直到五年前的那场事故将她的人生全部摧毁。降泡现象引发的大爆炸粉碎了她所有的价值观。

自那以后,真琴不再相信神,变成了唯物主义者。她之所以要推翻此前的所有想法,可能是想让一切重置,为自己的人生画上一道分隔线吧。

真琴垂下视线,新的双腿自然地映入视野。她一动不动地盯着那双被黑色运动紧身裤包裹的腿,突然发现右腿的轮廓比左腿稍细一些,小腿到脚踝的部分仿佛萎缩了一般。

"新先生现在不参加跑酷大战了吗?"

"不参加了,年纪大了。而且,我的腿都这样了。"

新隔着紧身裤拍了拍自己的右腿,随即传来的是一阵沉闷的金属声——那完全不像是肉体会发出的声音。

新的右腿是义肢。

"那是从'塔'上跳下来的时候造成的吧?五年前的那场爆炸事故后……"

真琴含糊地说道。新爽朗地笑了起来,大概是为了不让真琴担心吧。

"我也不知道当时为什么要做那种傻事。就像是有什么东西指引着我,让我跳到'塔'那边,去泡泡的那边一探究竟。"

"感觉跟响很像。我跟他说过很多次别去'塔'那边,可他压根不听。"

"啊哈哈,从这点来看,我跟他确实很像。那孩子总爱一意孤行,必须有个人盯着才行。年轻人真的很爱冒险。"

新弯曲左腿,半盘腿坐在吊床上,抬头看向天花板。上面留有一些污渍和划痕,虽然算不上很新,但保持得还算整洁。

真琴丢开空啤酒罐,从平衡球上站了起来。她能感觉到自己的脸颊泛起了红晕,为了掩盖过去,她用手背按着脸颊。

"跑酷大战这种游戏应该取消,太危险了。而且,那些孩子也不能一直待在这里,应该送到外面保护起来。"

"我知道,你说得很对。但外部世界对他们来说太难了,所以他们很珍惜这里。而且,'东京跑酷大战'本就是自主选择参加的游戏。"

"即便知道他们可能会受伤,也还是要继续吗?"

"远离危险虽然可以避免身体受伤,但心里的伤无可避免。如果不去尝试,不去冒险,到时会抱憾一生。"

脸颊边的头发不小心跑进嘴里,真琴用手指捏了出来,未经任何修饰的指尖悄无声息地滑过肌肤柔软的部分。

新扬起嘴角,轻轻地摇了摇头。

"又说了些无趣的话呢,搞得跟说教一样。"

"怎么会。"

真琴连忙否定。她咽了口唾沫，握紧外套口袋里的手，坚定地说道：

"我非常赞同你的说法，我也不想让那些孩子留下遗憾。"

"那就静静地观望吧。如果真的有危险，我会全力阻止他们，哪怕动用武力。"

新开玩笑似的说道。他晃了晃手里的啤酒罐，可能因为所剩不多，里面传来了液体晃动的声音。

"要再来一罐吗？"

"当然！"

真琴爽快地回应了新的劝诱。

【side 响】

"真是的，那家伙跑哪儿去了……"

响刚走出观测室，便不见歌的踪影。本以为她去了船桥的甲板上，谁知她根本不在那里。

其实响没有义务找她。歌去哪儿是她的自由，响完全没必要追上去。可他为什么还是要找呢？他自己也不明白。非要说的话，就像是捡到一条流浪狗，对方一离开视线自己就会不安，类似这种心情吧。

响靠在护栏上，叹了口气。他摘下带有自己体温的耳机，任由夜风拂过耳畔。

侧耳聆听，远处传来哗哗的流水声。漆黑的海面与月光下晶莹的泡泡形成鲜明的对比，十分夺目。响闭上眼睛，一动不动地感受着眼前的光景。虫鸣的声音、海风的声音、星辰眨眼的声音、泡泡震动的声音……大自然演奏的旋律轻柔而和谐。

"咚！"突然传来一阵轻微的着陆声。响猛地睁开眼睛，声音来自前甲板的方向。响定睛一看，发现歌正在上面翩翩起舞。她的蓝色头发随着身体的动作轻快地摇摆。

"歌！"

响刚想喊出她的名字，到嘴边却又咽了回去。那幅光景实在太美。

歌的指尖聚集了许多通透、细小的泡泡。它们像是有生命一般，围绕在歌的周围。她每跳动一次，泡泡也跟着跳动。泡泡蹭了蹭歌的脸，歌愉快地眯细眼睛，开心地笑了起来。泡泡似乎受到感染，也跟着微微颤抖起来。

响从来没见过有谁能这样操控泡泡。少女在月光下与泡泡们嬉戏着。

响将身体靠在护栏上，默默地眺望着那边，久久不肯离去。

"哇，开始了，开始了。"

旁边的兔将手放在额前，挡着刺眼的阳光说道。响刚取下头上的耳机，滚烫的气流顿时袭向耳膜。

今天是练马的关东狂暴龙虾和台场的送葬者比赛的日子，天气十分晴朗，但相对地，体感温度要比平时更高。响抓着连帽衫的下摆，"呼哧呼哧"地扇起风来。歌也学着他的样子，抓起了自己的衣摆。

今天跑酷大战的赛场定在银座，这里对两边来说都是客场。

比赛期间，观众需站在不会妨碍到选手的位置观看。苍蓝火焰的成员将观赛位置选在了一处废弃的铁架下。稍远的废弃大楼屋顶站着前些天交手过的电气忍者成员，他们正面无表情地看着比赛。

今天前来观赛的不只有人类,空中还分散着许多无人机,耳边不断传来螺旋桨转动的声音。无人机紧紧地跟在关东狂暴龙虾和送葬者成员的身后,可能是在拍摄并记录赛况吧。

歌指着无人机,用唇语说了句"小鸟"。

"那不是小鸟,是无人机。"

歌似乎没听懂,疑惑地歪起头。响坐在铁架上,换右手握住柱子。

"无人机就是指无人驾驶飞行器,那边那个叫多旋翼无人机,有人在远程操控它。"

"那是送葬者的东西吧?"

听到响和歌的谈话,矶崎摸着下巴说道。

"那些家伙怎么会有这种东西?"

海不爽地皱起眉头。下方不远处,送葬者的一名队员刚刚将关东狂暴龙虾的选手放倒。

送葬者的队员统一穿着以黑色和紫色为基调的赛服,他们最大的特点在于覆盖面部的机械面具。中间突出的那只眼睛给人一种毛骨悚然的感觉。

外人看不见他们的脸,也摸不清他们的性格。他们体形基本相似，动作整齐划一，旁人很难区分这几名队员。他们如同几台设置了编程的机器，几乎不会露出一丝破绽。

另一方面，关东狂暴龙虾是个重视力量的队伍。领队体格健硕，若要比力量，估计没人是他的对手。

响用力握紧柱子，咽了口唾沫，紧张地观看着比赛。

关东狂暴龙虾的领队遥遥领先，他正在墙面坍塌的废弃大楼上飞奔，凭借强大的力量穿过建筑碎片的缝隙，沿着看不见的路线前行。后面紧跟着送葬者的一名成员，两人间隔大约两百米。

然而，送葬者的成员只是往墙面一蹬，便轻松赶上了关东狂暴龙虾的领队。他踩住墙面的瞬间，鞋底像火箭一样喷射出水流，身体突然加速。两人的距离瞬间被缩短。

见送葬者的队员快速朝自己逼近，领队顺势抄起对手，将其扔了出去。关东狂暴龙虾的优势在于，无论遇到什么状况都不会自乱阵脚。倒地的送葬者队员立刻站起来，弓起身子进入备战状态，但他并没有继续追击敌方领队。

他只是对着面具上装备的对讲机，不带丝毫情感地说道：

"R5，前往 M2。"

钟楼顶端出现一个人影。送葬者的领队站在了该区域视野最好的地方，旁边没有任何人靠近。领队张开双手，优雅地做起了柔韧性练习。

"他们好像用了奇怪的道具，那是什么玩意儿？"

正在观赛的海夸张地皱起脸。矶崎轻轻扶了扶眼镜。

"应该是用了一种叫喷射靴的道具吧，那玩意儿的广告标语就是'非同凡响的推动力'。"

"啊？你在说什么啊？"

"听说他们有赞助商，这些也是电忍的人告诉我的。"

"赞助商？话说回来，那些直升机也很奇怪啊，到底是用来干吗的？"

"具体情况我就不清楚了，我们掌握的信息太少。"

"钞票的味道……我闻到了金钱的味道。送葬者的那些家伙竟然把外面的东西带来这里使用。"

海咂了咂舌，将针织帽往下扯了扯。视线前方，比赛终于进入尾声。

关东狂暴龙虾的领队朝着终点发起冲刺，正前方的墙壁上镶嵌着一块窗户玻璃，他没有选择避开，而是直接将其撞碎。玻璃很快碎裂，四周散落着许多透明的玻璃碎片。

只要平稳着地,就能抵达终点了——就在所有人都以为大局已定时,钟楼上的人影突然动了起来。

赛服下的肉体十分灵活。他笔直地跳下楼顶,下坠片刻后,不偏不倚地落在了关东狂暴龙虾的领队身上。

纤细的身躯踩着对手结实的后背,鞋底直接喷射出水流。黑影顺势跳向空中,落到插有旗子的高台上。

送葬者的领队若无其事地走到旗子前,用手掀起旗子的边缘,试着盖在自己头上。

"游戏结束,胜者是——送葬者!"

新的讲话是比赛结束的信号。

送葬者的成员将堆积如山的战利品运到了自己的摩托艇上。坠入海中的关东狂暴龙虾队员身上沾着无数的细微泡沫,领队更是已经虚脱到需要被电气忍者领队搀扶的地步。

"我们还没输呢,送葬者!竟然使用那种奇怪的靴子!"

关东狂暴龙虾的领队愤慨地说道。

"不是吧,你们明明输得很彻底……"电气忍者的领队忍不住低声吐槽道。

　　送葬者的领队正默不作声地看着队员们搬运战利品。听到声音后，他转过头，机械面具上的摄像头倒映出关东狂暴龙虾队员们狼狈的脸。他手上戴着的黑色手套里发出女性的机械音，看来里面藏了个扬声器。

　　"抱歉，我没有听懂，小龙虾先生。"

　　"叫谁小龙虾呢！明明是狂暴龙虾！"

　　"抱歉搞错了，寄居蟹先生。"

　　"都说了是狂暴龙虾！"

　　无视关东狂暴龙虾队员们的抗议，送葬者的成员陆续踏上摩托艇。

　　响身边的大泽担忧地蜷缩起身子。

　　"感觉不好对付啊，下次比赛真的没事吗？"

　　"管他们好不好对付，打赢他们不就行了！"

　　海唾沫星子四溅地说完，用大拇指擦了擦嘴角。

　　夜晚的船桥甲板上空无一人。响靠在护栏上，回想起今天的比赛。

　　送葬者队员的身上不时会发出令人不快的声音。那是一种刺耳的人工机械音,在耳朵深处久久萦绕,惹得人心神不宁。若是换作小时候,响必然会捂着耳朵坐在地上撒泼吧。

但如今响长大了,即便没有母亲的呵护,他也能独立生活。

响闭上眼睛,侧耳聆听大海的声音,规律性重复的海浪声听起来十分舒适。海浪时而撞到岩石上,溅起细小的飞沫。

——在深不可测的海底,有一座人鱼城。

响的脑中突然浮现出这样一句话,连自己都被吓了一跳。这是《人鱼公主》的开头,响很小的时候,妈妈经常为他读这个故事。

事到如今,为什么会想起这个?但响很快找到了答案。因为刚才歌拿了本绘本递到他面前,似乎想要响读给她听。

真琴的房间里放着很多书,当中也有很多绘本。最近真琴每天都会为歌读各种绘本。

虽然朗读绘本并没有什么不妥,但没必要在船上讲沉船的故事吧?说起来,真琴好像不太喜欢《人鱼公主》的故事,她之前喝醉的时候还嘀嘀咕咕地说:"为什么人鱼公主救了王子之后要变成泡沫啊？这人鱼公主也太可怜了吧。"

——人鱼城里住着人鱼国王和人鱼公主们。最小的人鱼公主有着银铃般的美妙嗓音，对海上的人类世界充满了向往。

人鱼公主为什么想去海上呢？响提问的时候，母亲回答了什么来着？海底的人鱼城明明那么美丽，人鱼公主却一心想去未知的世界，年幼的响无法理解这种想法。

——人鱼公主来到海上后，看到了船上的王子，她的心完全被他俘获。

响屏住呼吸，侧耳聆听。"塔"那边传来歌声般的共鸣声，一股莫名的焦躁感袭上心头。也许这就是所谓的煎熬吧。

——人鱼公主像是着迷了一般，目光始终无法从王子身上挪开。

海的对面耸立着一座被泡泡包裹的"红塔"。不知为何，那里有一股强大的力量在吸引着响。

"响。"

他听到一阵细微的声音，清脆而温柔，如同铃音一般。

响猛地回过头,却发现歌站在了那里。他下意识地嘀咕了一句"吓死我了"。歌没有嘲笑他,而是用右手食指指着他。歌的左手抱着《人鱼公主》绘本,可能是刚听完故事吧。

"你怎么跑这里来了?真琴呢?"

歌没有回答,突然朝响迈近了一步。衣料的摩擦声覆盖了海浪的声音。

"王子大人。"

"啊?"

突如其来的话语令响大脑一片混乱。歌战战兢兢地指了指自己。

"人鱼公主。"

她抱着的绘本封面上确实画着漂浮在海面上的人鱼公主。被水濡湿的头发、飘散的泡沫、洒下的阳光、充满光泽的嘴唇……

瞬间,响的脑中闪现出歌救自己时的场景。

响记得,自己快失去意识的时候……

"不,那不可能。"

响顿时感觉脸上一阵滚烫,之前忘却的记忆一股脑儿地喷涌而出。响连忙用手捂住嘴巴。

"响,王子。"

歌没有意识到响的困惑,天真地笑了笑,睫毛下的眼眸映照出响狼狈的模样。响用力摇了摇头,为了摆脱内心的羞耻感,连忙转移话题。可等回过神来,他才意识到自己声音有点大。

"话说,你什么时候会说话了?"

面对响的提问,歌微微一笑。

"歌,人鱼公主!"

压根没法对话!

响在心底暗暗喊道。不知是否察觉到了响内心的动摇,歌抱着绘本,愉快地笑了笑。

歌慢慢地会说一些话,苍蓝火焰的成员起初有些惊讶,但也很快接受了这个事实。真琴比以往更热情地教她说话,但要想让歌说出完整的句子,似乎还需要很长时间。

几天后,苍蓝火焰用摩托艇运走了前些天从电气忍者那里赢来的部分战利品。

跑酷大战的战利品十分丰富,队伍内部短时间根本用不完,所以他们决定分发给涩谷的其他居民。

响忍着迎面吹来的风和不时溅起的飞沫,伸手撩起额前的刘海。摩托艇的震动声通过尾骨传递到身体。

大伙将摩托艇停靠在了涩谷废弃大楼的一角。真琴没有过来,此时的她正在"令洋"忙工作。她一般不参与分发战利品,而是宁愿待在船上。也许这是她划分界限的方式吧。

内地大多建筑都被淹没在了水中,这里因为地势较高,受损程度要轻一些。矶崎和大泽双手撑住围墙,练习起了"猴子跳"。

响招架不住歌热切的眼神,被迫教起了跑酷技巧。

"双腿并拢的时候,要收紧腋下的肌肉。"

说着,响上前,并拢双腿,示范起了侧空翻的要领。笔直的双腿在空中划出一道优美的弧线,最后并腿落地——这招叫"并腿侧空翻"。

"能做到吗?"

歌点点头,毫不犹豫地跳了起来。看到她无可挑剔的动作,响不自觉地扬起了嘴角。

"不错嘛!"

得到响的夸奖，歌似乎很开心，得意地挺起了胸膛。看到两人的互动，兔激动地跑上前来。

"好厉害！运动能力不是一般的强啊！"

跟在后面的海不以为然地撇起嘴。

"也就这样吧。"

"嘴上这么说，其实你心里也觉得很厉害吧？"

"……"

海粗暴地摘下针织帽，用手指拢起刘海，再用手腕上的皮筋将长发胡乱扎起。他朝歌伸了伸下巴。

"你想玩吗？"

歌不确定对方是不是在问自己，犹豫地瞟了瞟响。响用右手按住头上的耳机，对她说："他在问你呢。"响的语气明明很平常，歌却突然睁大眼睛看着他，激动地跳了起来。

"想玩！"

"那下次比赛你参加吧，千万别轻敌哦。"

说完，海快步离开了原地。"哎呀。"兔挠了挠脸颊。

"海虽然不够坦诚，但人还是挺好的。虽然经常喜欢在响面前逞强。"

"海,人挺好!"

歌重复起了兔的话,也不知道她有没有听懂。兔拿起头上的护目镜,一动不动地盯着响,似乎在等待他的回复。

响将脸别向一侧,轻声说道:

"这我当然知道啊……"

"哇!"

"干吗啊?!"

"没什么,就是没想到你竟然会说这种话。感觉自从歌来了以后,你变得更好相处了。"

兔"嘻嘻嘻"地笑了起来。响瞪了他一眼。兔故意哼着歌,扭头看向别处。

"喂,你们几个,差不多该走了!"

练习结束后,矶崎和大泽朝着这边喊道。幸亏有人转移话题,兔连忙伸了个懒腰。

"好了,我们也去帮忙吧!"

"帮忙?"

歌疑惑地歪起头。响边走边解释道:

"就是去帮忙搬日用品啊,苍蓝火焰要负责把物资分发给住在这边的人。"

"没错没错,每次跑酷大战赢了之后,我们都不会独占奖品,而是会分发给大家。我们可是义贼!"

兔得意地挺起胸膛,但这事好像没什么可骄傲的吧?还有,苍蓝火焰小队可不是义贼。

被泡泡壁包裹的东京已被政府规定为禁止居住区域,但仍有一些人选择留在这里,当中大多是老年人。他们与热爱自由的年轻人不同,他们留在这里,仅仅是因为不想离开这片深爱的土地,即便有生命危险,也甘愿在这里度过余生。

苍蓝火焰给他们发放物资和战利品,也是希望他们能健康长寿。

——因为年轻人也懂得失去正常生活和至亲之人的痛苦。

苍蓝火焰的六名成员抱起摩托艇里的物资,朝着废弃大楼的里侧走去。这一带的大楼外侧布满了密密麻麻的爬山虎,如同树木群生的丛林。虽然大部分建筑都开始腐朽,但依然能从中感受到时尚前沿城市的气息。

老化的砖石经过风吹日晒,表面已经变成砂石,每走一步都会发出干涩的响声。如今响等人所在的位置,曾经是一座巨大的购物商城。因为能直通车站,曾经是一处繁华的中心地带。因为五年前的降泡现象,四楼以下全被淹没,商户搬走的时候,把所有商品和货架都运走了,如今里面空荡荡的。

明明是白天,大楼里面却十分阴暗,虽然也有窗户,但阳光很难照射到整个空间。

往前走一段路,能看到零星的人造灯光,红、白、蓝、绿。到处摆放着小型的发光广告牌,生活气息突然变得强烈起来。

"怦怦……"

歌在一个绿色招牌前停下,上面写着"怦怦书店"的字样。

旁边还有"桃子精品店""吉冈餐厅""美容院"等招牌。这一带应该算是商店街了吧。各个店铺用长椅、混凝土块和隔板隔开,但店里并没有很多新款商品,大多是通过物物交换得来的物品。要想在二十三区弄到新款商品,是一件极其困难的事情。

"婆婆,我们来了!"

兔从歌的身边穿过,快步冲进了店铺。见歌也跟着走进了店铺,响只好跟了上去。矶崎、大泽、海则负责前往别处分发物资。

"哎呀,是小兔啊,长大了呢。"

怦怦书店的老板铃木笑容可掬地走了出来。她不管是穿着打扮还是精神面貌,都给人一种干净利落的印象。她的年龄大约七十岁。

她留着一头偏短的柔软白发,身形纤瘦,身穿一件贴身的黑色针织衫,外面围着一件绿色围裙,上面有一只黑色兔子的图案。据说她孙女曾经夸过这件围裙非常可爱。

"真是的,别叫人家小兔嘛。"

兔不满地鼓起脸颊。两人的交谈场面一向如此。作为苍蓝火焰年纪最小的成员,兔备受老年人喜爱。

响放下手里的箱子,把物资摆在了柜台上。里面有水、食物、电池等日用品。

"多谢你们一直以来的关照。"

听到婆婆的道谢,响轻轻点了点头。突然被人当面道谢,响多少有些不习惯。

怦怦书店虽打着"书店"的招牌,但其实等同于一间图书馆,附近的居民时常来这里借书。在没有网络环境的地方,书、漫画等不需要电和信号的娱乐商品变得尤为珍贵。

"婆婆,您有没有遇到什么困难呀?"

"没有,能有你们这些年轻人惦记着,我好着呢。"

"可别这么说,您也上年纪了,千万要保重身体哦!毕竟随时可能会死。"

"喂!"

响被兔的一番言语弄得无地自容。铃木爽朗地笑了笑。

"正因如此,才可以毫无负担地待在自己喜欢的地方啊。"

"哦。"兔似懂非懂地说道。

"对了,那边那个孩子是谁啊?你的新朋友吗?"

铃木用布满青筋的手指了指正在凝视着招牌的歌。兔连忙拽着歌的胳膊,把她拉到铃木面前。

"不是朋友,是我们的伙伴!"

"伙伴。"歌眨了眨眼睛。不知她究竟听懂了多少。

"她叫歌。"

"这名字真不错。歌有想看的书吗?"

歌思考了片刻,轻轻咳嗽了一声,看向书架上的书本。

齐腰高的书架上放着大小不一、类型各异的书本。

"绘本比较合适吧?真琴不是经常读绘本给你听吗?"

兔拿出一本《桃太郎》的绘本说道。绘本封面上画着桃太郎驱鬼的画面,画风有些抽象。

歌严肃地扫视着书架,从中抽出一本书,书名叫《一本书帮你了解高中生物》。这哪里是绘本,连故事书都算不上。

铃木睁大眼睛,咯咯咯地笑着说道:

"你想读这种难的呀?那就把这本借给你好了。"

"给?"

"不是给,是借,意思是看完要还。"

响连忙更正道。歌点了点头,将参考书紧紧抱在怀里。铃木伸手摸了摸她的头。

"下次来的时候,还给我就行啦。"

看着铃木眼角慈祥的皱纹,响的心里五味杂陈。铃木的孙女也在那场爆炸事故中去世,年纪应该跟歌差不多吧。

歌天真地笑了笑,露出洁白的牙齿。

"谢谢。"

"歌,这书你真的看得懂吗?"

兔挖苦似的说道。

"看得懂。"歌得意地回答道。

"兔也看书吗？可以拿一本去哦。"

"我就算了！我不喜欢看书，万一弄脏了，婆婆也很难办。还是放在这里比较好，能保存得好一些。"

"话是这么说的没错，可书不拿来读的话，就没有意义了哦。要多读书，多积累，用作家的故事来丰富自己的人生。读过的书越多，越能了解自己。所以我喜欢读书，知识能丰富人格哦。"

"婆婆净说些让人听不懂的话。"

兔抱着胳膊，吐了吐舌头。响瞟了一眼书架，他并不讨厌看书，毕竟那是可以一个人进行的娱乐活动。但非要说的话，还是跑酷这种能在室外活动身体的运动更适合自己。不同于跑酷大战，跑酷一个人也可以进行，还可以感受身体和风融为一体的感觉，十分舒适。

"好了，我们该去其他地方发放物资啦。"

"谢谢你们特意来陪我聊天，那下次见哦。"

看着铃木朝这边挥手，歌疑惑地歪起上半身。

"次见？"

她朝响投去求助的眼神。响无奈地解释道：

"她说的是'下次见'，就是再见的意思。"

歌用双手将书抱在怀里。铃木微微一笑。

"只是一句问候语，实际能不能见不重要哦！但依然要传达下次想见你的心情。我觉得这很重要哦，毕竟有些人随时都可能再也见不到。"

兔陷入了沉默，响也垂下了眼眸。铃木的这番话无比沉重。

歌用清澈的眼睛注视着铃木，随即露出灿烂的笑容。她用左手抱住参考书，用力挥了挥右手。

"那下次见！"

铃木先是睁大眼睛，旋即露出慈祥的微笑。

"嗯，再见。"

等派发完所有物资，已经过去了四个小时。住在里面的老年人因为平时很少有机会跟年轻人说话，每次见到他们都会滔滔不绝地聊上许久。等把老人们塞来的蔬菜和衣服搬上摩托艇，响终于吐了口气。

歌从铃木那儿借到书后格外开心，不停地在大泽和矶崎面前炫耀自己的书本。

"歌对什么都感兴趣，真是难得。"

"是啊，兔也要向她学习。"

"哼，学习这种小事，我也能做到啊！"

"学习？"

正举着书本的歌疑惑地回过头，再次朝响投去求助的眼神。响无奈地耸了耸肩。

"叫真琴读给你听吧。"

"说过多少次了，要叫真琴小姐！"

操控着摩托艇的海粗鲁地提醒道。

"是她要我这么叫的。"

"即便如此，你们也应该尊敬长辈啊。"

真是个麻烦的家伙。兴许是看穿了海的心思，兔"嘻嘻嘻"地笑了起来。海暴躁地转动着方向盘。

"真是的，一群不懂礼貌的家伙。好了，马上到'令洋'了。"

拨开海面的泡沫，摩托艇向前行驶着。

耀眼的阳光照得海面波光粼粼。如同碎裂玻璃的光粒将六人乘坐的摩托艇装饰得熠熠生辉。

响在建筑间快速跳跃,独自朝着东京街道前进。派发完物资后,队伍暂时没有其他安排。返回"令洋"后,大伙开始享受起惬意的闲暇时光,而响却独自溜出了"令洋"。

他习惯了独来独往,也喜欢把时间花在自己身上。

穿过一条不成形的道路,响来到了一处废弃的屋顶。这里是这座城市曾备受青睐的空中花园,是隐藏在灰色混凝土丛林中的一处绿洲。

用砖瓦铺成的地面被花坛环绕,未经修剪的矮树丛肆意地生长着,随风飘摇的野草覆盖了半个地面。小水池里漂浮着睡莲的叶子和花朵,雨水形成的水坑里开着白色的小花。

飘浮的废弃巴士上布满苔藓,轮胎上缠绕着肆意疯长的杂草。黄色的百脉根、白色的春飞蓬、绿色的狗尾草、蓝色的鸭跖草……不知从何处飘来的野草在缝隙中野蛮生长。相反,花坛里种着的向日葵、蜀葵、大丽花等花朵开得格外整齐。

经过五年的岁月,这处锈迹斑斑的钢铁浮岛已经成了响的秘密休息地。

响将手伸入口袋,取出一个小袋子。里面放着一张图片,上面印着"波斯菊"的字样。这是他们在前些天与电气忍者的比赛中赢得的战利品。

响在花坛里找了个光照较好的地方,拿起先前留在这里的铁锹。他用铁锹铲松表面硬化的土壤,挖出几个间隔一定距离的小坑,在每个坑里撒下四颗种子。说明书上说波斯菊不能盖太厚的土。

种子种好后,响准备浇水。他拿起银色喷壶,去水池里取了点水,为花坛里的花浇起水来。濡湿后的向日葵得意地挺直了花秆,叶子显得更为青翠。这种向日葵大概会在二月中旬开花,发芽后的双叶中会慢慢地长出花茎,冒出花蕾,最后开出鲜艳的花朵。响亲眼见证过整个过程。

浮岛上的植物分为两种,有人打理的和无人打理的。

眼前的野玫瑰属于后者。这些野玫瑰长着繁茂的枝叶,枝杈上分布着许多尖刺,到了初夏会长出成簇的白色花朵。这是一种藤蔓类灌木,如果无人打理,它们便会肆意生长,与其他杂草错综交杂,最终形成一片巨大的花丛,让人无从打理。

明明没有起风,野玫瑰丛中却传来"沙沙"的响声。是野猫闯进来了吗?响拿着喷壶,警惕地看向那边。

"响!"

歌突然从野玫瑰丛后探出了头,她的头上还沾着几片叶子。

"你怎么也跑来这里了……"

"响,一起玩。"

"你是偷偷跟过来的吗?"

歌坦诚地点点头。现在就算叫她回去,她也不会听吧。响也不想浪费口舌,只得轻轻地叹了口气。歌没有理会他,而是好奇地扫视起了四周。她的双眼闪烁着纯真的光芒。

"花,好美。"

"是自然长出来的。"

"响也是。"

"嗯?"

"响也很好看。"

这家伙说什么呢。响本想如此反驳,但看到歌天真无邪的笑容,他下意识地把话咽了回去。

为避免尴尬,响默默地浇起了水。歌蹲下来,仔细地观察起脚下的花来。她似乎对当中的黄色金盏花格外感兴趣。她用手指戳着茂密的花瓣，满意地点点头。

"千万别把这里的事情告诉其他人哦。"

"为什么？"

"他们知道了肯定会嘲笑我的。"

"为什么？"

"都说了他们会嘲笑我，别老问相同的问题啊。"

响明明回答了她的问题，她却还是露出一副不满的表情，仿佛在说"我又不是问这个"。

响长叹了口气，用手揉了揉刘海，停下了浇水的动作。他蹲到歌的身边，影子刚好把娇小的歌完全盖住。

"这里的事情要保密哦。"

"保密……"

歌若有所思地轻声嘟哝道，纤长的睫毛在微微颤抖。

一只蝴蝶飞向两人中间，响看了过去，那是一只点缀着些许黄白色斑点的紫色蝴蝶。蝴蝶扇动着翅膀，停在了浮岛角落里的巴士上。像是在炫耀自己的美一般，蝴蝶依然张着翅膀。

歌站起来，追起了蝴蝶。不同于刚来"令洋"那会儿，她不会再像野猫一样见东西就抓。响拿着喷壶追了上来,他每走一步,脚底便传来砂石被挤压后发出的干涩声响。

"车子。"

"是巴士,应该是从其他地方飞过来的吧。真是不可思议,明明以往只能在地上行驶。"

巴士的正中央有一个巨大的缺口,人可以自由地出入里面。内部的座位和地面覆盖着一层苔藓,窗户上长满了爬山虎。歌下意识地停下了脚步。响默默地将喷壶放到了座位后。这辆巴士是响的秘密仓库,里面放着许多从"令洋"拿来的物品。

"啊!"

歌发现了座位上的某样东西,下意识地发出了惊讶的声音——是一个旋涡状的贝壳。她似乎是第一次见到这种东西。她将贝壳凑到鼻子前闻了闻,又舔了舔,然后一口气咬了下去。意识到贝壳太硬,她只好放弃。

歌的右手依然戴着手套,她用指尖轻轻抚摩贝壳的尾部,将贝壳的开口位置贴到耳边。她的表情逐渐变得柔和,最后露出了笑容。

"响,大海!"

"你也能听到海浪的声音吗？"

"能。"

"这样啊。"

响在三人座位上坐下，微微笑了笑。布满裂纹的玻璃上模糊地映照出他的侧脸。

"这是之前漂到这儿来的，我看是海里的东西，看着比较稀奇，就存放在了这里。"

歌走过来，一屁股坐在了响旁边的位置上。她抱着膝盖坐在那里，夕阳将她的侧脸照得格外耀眼。

一阵风吹来，草轻轻摇摆。两人惬意地置身于自然的柔和声响中。

真是不可思议。响沐浴着阳光，轻轻抓了抓自己的刘海。对响来说，这里是一个特别的地方，一个只有自己知道、能够安静独处的地方。

歌擅自闯入了这个秘密场所。可即便是两个人待在这里，响也没有感觉到任何不适。唯独歌不一样，响是这么认为的。这是他第一次萌生这种想法。

响取下耳机，轻轻放在旁边。

"这里的声音很柔和。"

响靠在椅背上，轻轻吐了口气。阳光透过树叶缝隙洒下，散落无数光点。

"我从小就害怕城市的噪声。"

此起彼伏的电车行驶声。

刺耳的汽车喇叭声。

信号器发出的尖锐机械音。

到处充斥着的智能手机的铃音。

熙攘人群传来的嘈杂声。

这一切都让响苦不堪言。即便如今已经远离那些场所，他依然未能解脱。

"为什么大家都没事呢？"

响本想装作若无其事的样子，可声音还是莫名地颤抖了起来。歌抱着膝盖，惊愕地看着他。意识到自己的表情有些僵硬，响刻意扬起嘴角，抬起搭在腹部的双手，按住自己的耳朵。

"我时常这样，给母亲添了不少麻烦。一到人群中就会紧张地蹲下来，无法动弹。因为查不清原因，我辗转去了很多家医院。但依旧没能治好，于是母亲把我送去了福利院。"

响依旧清晰地记得，在与母亲分别的那天，母亲消失在门后的光景。她隔着窗户丢下一句无声的话语。

　　"响，对不起。"

　　当时的响感觉心脏被人狠狠地拽了一下。他的心头隐隐作痛，恨不得放声大喊。可年幼的响没有哭闹，只是茫然地看着母亲离去。

　　响感到孤单、悲伤，甚至是愤怒。但同时，他也莫名地松了口气。如果这样可以让母亲脱离苦海，那也许是最好的选择。

　　"我喜欢福利院里的生活。不是因为那里有我的好朋友，而是因为那里的生活很平稳。"

　　福利院里有许多与响年龄相仿的孩子，他们也因为听力的问题而备受煎熬。

　　在福利院里工作的大人们都很温柔，孩子也是如此。响生来不喜欢与人打交道，但即便如此，还是有很多孩子愿意跟他友好相处。随着时间的推移，响慢慢地习惯了福利院的生活。

　　"五年前的那天，我跟福利院的伙伴们一起去了'塔'里。"

福利院每个月会安排几次短途旅行，大家一起去各种地方游玩。有时去动物园，有时去水族馆。然后，五年前那天，地点碰巧选在"塔"内。

那天明明是工作日，"塔"的瞭望台上却挤满了游客。当时年仅十二岁的响离开伙伴们，独自一人来到"塔"上欣赏风景。"塔"里有一个游客拍照区，底下特意换成了透明的玻璃地板。响正默默地站在上面，脚下是交错重叠的铁架，给人一种莫名的眩晕感。看似危险，但其实十分安全。这种刺激的感觉，响并不讨厌。

突然，天空发生了异样。

"啊，泡泡！"

一名少女游客大喊道。响连忙看向窗外，映入眼帘的是一幅幻想岛般的光景。无数泡泡在窗外摇曳，如同遍布东京夜空的星辰，绚丽而耀眼。那画面美得不可方物。

只有孩子会天真地觉得这种画面十分有趣，大人早已察觉到异样，脸上满是茫然，甚至开始引发骚乱。"发生了什么？""这可是异常现象！"……议论声此起彼伏，大人们甚至试图逃离高塔前去避难。但响没有理会，他将手伸向窗户。透明的窗户表面突然剧烈震动起来，原因就是那阵响彻四方的声音。

如同鲸鱼的叹息，宛若天使的合唱，又好似宇宙的低吟。

明明声音很大，可周围人都毫无反应。唯独响清晰地听到了那声音。

响将脸凑到玻璃附近，在无数的泡泡中发现了一个闪着淡蓝色光芒的小泡泡。歌声肯定来自那个泡泡！当时的响这么想。真是荒诞无稽的猜想。

"这首歌是你唱的吗？"

响下意识地露出微笑。明知道隔着窗户不可能碰到，可他还是将手伸向了那个蓝色泡泡。

"——然后，爆炸声响起。"

响顿了顿，握紧了拳头。指甲深深地陷入皮肤，手心传来一阵剧痛。

"很多人……真的很多人都死了。"

等响清醒过来时，一切都结束了。年少的响被救援队救出，在"塔"附近的临时医疗区醒来。首先等待他的是全身袭来的疼痛感以及令人恐慌的嘈杂声，响终于明白，自己在爆炸后失去了意识。

后来，响被送去了医院。等伤势平稳下来后，他才得知，那天在瞭望台上的人全都死了，只有他一人幸存了下来。

内地被列为禁止居住区域，福利院因为大量员工离职被迫关门。响住院期间，外部发生了翻天覆地的变化。

考虑到响是爆炸事件的唯一幸存者，为了保护响的安全，医院特意为他安排了一个单独病房。房间只有医生和护士出入，每当有人推门进来，响都下意识地心头一紧。

他总在想，会不会是妈妈来看自己了。真是愚蠢的猜想。他明知道不可能，可心里还是莫名地期待。得知自己的孩子在一起事故中差点丧命，没有哪个父母会无动于衷吧——响讨厌心怀期待的自己。

时间缓缓流逝，响感觉越来越疲惫。

他想闭上眼睛睡一觉，眼前却闪过福利院那些孩子的脸。翻动书页的瞬间，吃饭前取筷子的瞬间，打开窗户感受到风的瞬间，泡在浴池里大脑一片空白的瞬间……突然，一股难以言喻的冲动从响的内心深处喷涌而出，他难以自控地呜咽起来,懊恼地捶打着被子。

"我一直在想,为什么只有我活了下来?明明有人比我更值得被救。那些被人爱着、被人珍惜着、被人需要的人。"

不知从何时开始,响不再期待。反正母亲绝对不可能来接自己,福利院也不可能再恢复营业。没有期待,就不会失望,也不会被现实击垮。辛苦也没关系,因为——

因为,对自己来说,这是再"正常"不过的事情。

新也是那时候出现在响的面前,并成为他的身份担保人的。

"我特别害怕,怕他因为跟我扯上关系而变得不幸。"

歌紧紧咬住嘴唇,用戴着蕾丝手套的右手轻轻抚摩耳机的表面。

"我不太记得爆炸时的事情,但我隐约记得当时听到了——歌声。"

那是不时能从"塔"那边听到的旋律,是泡泡奏响的奇妙歌声。自那次爆炸后,响时不时能听到泡泡的歌声。

响捏紧连帽衫的布料,长叹了口气。他隔着衣服按住心脏,但手心无法感受到那里的热量。

"我也不想讨厌声音,我一直在寻找那个声音。"

"声音……"

听到歌的轻声呢喃,响猛地回过神来。他抬起头,发现歌正在一动不动地注视着自己。她的表情里似乎掺杂着悲伤,又似乎与往常无异。

他抓了抓刘海,挺直弓起的后背。

"我是第一次跟别人说这些,抱歉啊,这么负能量。"

歌轻轻咬住嘴唇,睁大的眼睛里隐约含着晶莹的泪水。她将右手伸向响,被薄薄的蕾丝手套包裹的手有着五根纤细的手指。

但在指尖即将触碰到响的手臂的瞬间,歌猛地将其抽回。她在胸前握紧右手,突然从座位上站起来,抛下目瞪口呆的响,冲出了巴士。

她踩着浅绿色的地面向前奔跑,最后在浮岛的边缘处停下。盛开的黄色向日葵、红色大丽花、飘浮在空中的泡泡将四周点缀得格外耀眼。

歌深吸了一口气,开始唱起了尚无名字的歌曲。

这首歌没有歌词,只由"啦啦啦"组成,美妙的声音在澄澈的天空下回响。歌声轻快自由,但又夹杂着些许伤感。

歌不由自主地踩上泡泡，回过头朝响微微一笑。

停在原地的响下定决心，冲出被阴影覆盖的巴士，来到阳光下。

两人默契地并肩跑了起来。路过水边，越过悬崖，踩着泡泡，跃至空中。

毫无顾忌，肆无忌惮地奔跑，只要跟歌在一起，响可以去往任何地方。

两人在空中对视了一眼。响难以抑制内心的喜悦，下意识地扬起嘴角。歌也张大嘴巴笑了起来。奔跑，跳跃，起舞，响感受到了无与伦比的舒心。

——找到了。

这种感觉，就像是找到了拼图最后一块缺失的碎片。唯一理解自己的人就在这里，即便没有言语，也能彼此理解。

因为两人心灵相通。

响带着灿烂的笑容，看了看歌。两人不约而同地踩着废墟，跳了下去。

"歌！"

响伸出左手想要击掌，而歌却僵在了那里。缺乏真实感的气氛突然停止。歌向后退了一步。她的左手用力地握着戴着手套的右手。

想碰却不能碰，歌似乎在强忍着内心的无奈。

"歌？"

响惊讶地看着歌。突然，耳边传来泡泡的歌声。泡泡间产生了巨大的共鸣声。歌仿佛受到指引一般，一动不动地注视着"塔"的方向。响也跟着看了过去。"塔"仿佛在呼唤他们。

等回过神来，响才发现左手已经满是汗水。刚才的畅快感陡然消失，只剩下难以言喻的不安。

"我们回'令洋'吧。"

听到响的提议，歌点点头。响隐约感觉，即将有事要发生。

【side 真琴】

观测的数据不断更新到屏幕上。真琴盯着用于表示附近重力波的折线图，轻轻地叹了口气。

观测室是真琴的阵地，因为说过工作时不许打扰，"令洋"的孩子们不会擅自闯入。歌也只是刚来"令洋"那会儿鲁莽地闯入过这里，但最近她变得非常听话，不再随便乱跑。

真琴盯着屏幕，伸手拿起桌上的小尼龙袋，里面装着杧果干。每当工作遇到难题时，真琴都会吃一点从外面带来的水果干。像杧果这种稍微有嚼劲的东西尤为合适。

真琴边咀嚼着坚硬的杧果干，边歪起头。她探出上半身，被她当成凳子使用的平衡球滚到了后面。

"太奇怪了，这里的重力波一直不稳定。"

真琴使劲凑上前，一动不动地盯着屏幕。外面传来微弱的震动声，可能是谁在摆弄机器吧。喜欢折腾"令洋"设备的也只有海了。好奇心旺盛虽是好事，但过度就不好了。

真琴回过神，意识到自己的注意力不太集中。这可不行！真琴操作着电脑，开始浏览起新收集的数据。

她觉得东京市内的泡泡总量在变化。

没错，她曾经听同事说过，要收集准确的泡泡数据并非易事。若是施加较强的冲击力，泡泡很容易破裂。但即便摧毁所有泡泡，它们也不会因此消失。内地的泡泡在减少，但也在新生。真琴个人感觉，泡泡的总量没有变化。

五年前的某天，东京出现了降泡现象。自那以后，泡泡再也没像雨一样降落过。后来，东京突然被圆顶状泡泡壁包裹。关于其中的原因，当时出现了很多假说，但都没有科学依据。

最有力的说法是异常气象说和宇宙物质说。前者认为这是环境变化引发温室效应后产生的现象。支持该种说法的人怀疑，东京以外的地区也可能每几年出现一次这种现象。后者认为泡泡是宇宙的物质，现代科学很难在短时间内解释清楚。大多数人支持这种保守的说法。

此外，还有人猜测说，泡泡可能是想封印东京的某样东西，或者是想封印地下沉眠的生物，等等。全是一些毫无根据的说法。

泡泡有意识吗？这又是一个值得探讨的主题。如果泡泡是宇宙的物质，那它们也有可能是生命体，只是目前人类的科学无法识别……也有人提出了这种见解。

其实，真琴认为泡泡没有意识。至于是不是生命体，她也不敢断言。

比如，人体是由细胞组成的，人受伤后血小板会聚集到伤口处，血管收缩并止血。然后，巨噬细胞会吞噬伤口坏死的组织，由成纤维细胞组成的肉芽组织开始修复伤口。

如果要问，人受伤时，细胞是否会主动前去治疗人的身体，答案是不会。细胞不过是按照事先设置好的程序活动而已。如果每个细胞都有意识，那人体就存在大约四兆个意识，光是想象都令人毛骨悚然。

也许东京出现的泡泡是类似细胞的存在。它们并非生命体，而是存在于宇宙的一项机能。

咔嚓！敲击键盘的手突然停止。真琴发现自己又在胡思乱想，她用手揉了揉眉间的皱纹。

"重力波到底是从什么时候开始变得奇怪的啊？"

真琴挪动画面，查看起了过往的数据。保持一定幅度的折线图突然开始出现波动，这说明重力波在逐渐产生变化。仔细确认会发现，当中存在一条清晰的分界线。

真琴重新戴好即将滑落的眼镜，凝视起了屏幕。

"这是……歌初来'令洋'的那天？"

这时，门口传来"嘎吱嘎吱"的推门声——明明说了工作期间不许打扰——真琴坐在平衡球上，扭头看向门口。

"谁？别突然闯进来——"

说过多少次了。真琴话刚说到一半，突然看到一只诡异的眼睛，随即映入眼帘的是一个不带丝毫人情味的机械面具。送葬者！真琴脑中突然闪过这个名字。

他们什么时候闯进来的？为什么要来这里？真琴在脑中快速地思考着。对方伸开戴有手套的手。

里面藏着的扬声器里不断发出女性的机械音。

"早上好，新游戏时间到。"

03

宇 宙
C O S M O S

【side 响】

"真琴被绑架了？"

响紧张地问道，声音在凌乱的观测室内回响。装有杧果干的小袋子掉落在地上，平衡球滚到了墙边。

太阳还没升起，苍蓝火焰的成员早早地在观测室集合。

可能因为刚被叫醒，兔还有些困意，从刚刚开始便不断地揉着眼睛。

"在地上捡到了这个。"

矶崎递来一张卡片，上面印着"送葬者"的标志以及象征性的独眼恶魔图案，反面写着视频网站的网址，旁边还附有"请登录频道"的字样。

"这是什么?"

响皱起眉头说道。矶崎长长地叹了口气。

"那些家伙似乎在擅自直播跑酷大战,标题就叫'东京死亡游戏'。"

"真是不懂,他们为什么要这么做?"

"别念叨了,赶紧播放视频吧!"

兔急忙打断了矶崎的话语。矶崎嘀咕了一句"也是啊",便开始操作起鼠标来。响在一旁抱着胳膊,默默地瞟了海一眼。此时的海看似平静,但仍然难掩太阳穴处暴起的青筋。

矶崎没有输入冗长的视频地址,而是在搜索栏直接输入了"送葬者"几个字。频道很快显示在了搜索结果中。

【庆祝!播放量超一百万】初次绑架【危险地带】

点击频道页面,首先跃入眼帘的是一个看起来不太聪明的视频标题,上面明明写着今天的日期,播放量却达到了二百五十万次。每刷新一次,数字都在不断攀升。看来这个视频的关注度非常高。

矶崎点击了播放按钮。

"喂,你们要干什么!"

视频背景是夜晚的东京湾,画面里有一艘茧形潜艇,两名送葬者的队员,以及手脚被束缚的真琴。

"快放开我!"

真琴拼命挣扎着。送葬者冷漠地将真琴推入潜艇入口,真琴以屁股着地的姿势很快掉入了潜艇。

"送葬者那群浑蛋!"

一直压抑着内心情感的海气得浑身颤抖起来,用仿佛来自世界尽头的声音怒吼道。

"这些家伙,竟然对真琴小姐动手动脚!"

"你生气的是这个?"

兔不假思索地吐槽道。矶崎用手指按了按眉间的皱纹。

"如此一来,送葬者之前的谜团也就解开了。他们的目的是钱,那些无人机是专门拍视频用的,而那些反人类的靴子也是泡泡壁外部的赞助商提供的。他们能配备如此先进的机械头盔,也全都得益于金钱的力量。"

"因为泡泡壁里几乎没有网络,我们忽略了被拍视频的可能性。毕竟这里手机没信号,想看视频的话,也只能像真琴那样,从外部引入联网设备。唉,为了点击量竟然不惜绑架,这世道真是没救了。"

大泽沮丧地耷拉着肩膀。响握紧卡片,看了看其他视频的缩略图。所有视频都用华丽的字体标注着"东京死亡游戏"的字样,每个视频的播放量都高得惊人。其中,还有恶意介绍苍蓝火焰、电气忍者和关东狂暴龙虾的视频。为了博人眼球,缩略图故意用了关东狂暴龙虾领队的脸部特写图。

"竟然擅自拍视频赚钱,这也太奇怪了吧。"

兔不满地噘起嘴巴。

"这是侵犯隐私。"矶崎耸了耸肩。

"那些家伙,我一定要把他们痛扁一顿!竟然擅自做这种事情!"

海握着拳头,将视线别向一侧。响则轻咬嘴唇。

"太恶劣了……"

他明明没想说出口,可声音还是不小心漏了出来。

跑酷大战本来就是一种赌上名誉的比赛。一群热血沸腾的年轻人聚在一起，相互较量，共同进步，发泄情绪。后来逐渐有了规则，还有了被称作"战利品"的奖品。通过一次次的胜利与失败，年轻人感受到了活着的意义。

跑酷大战是为自己而战，为尊严和生存意义而战。

而泡泡壁外部的人竟然将此视为娱乐节目，光是想想都令人不快。外面的人在屏幕前看着年轻人拼死追赶的样子，一定很开心吧？在安全区域看着泡泡壁内缺乏现实感的比赛，这确实算得上是一档紧张刺激的娱乐节目。

"我们举行跑酷大战可不是为了娱乐大众。送葬者那群家伙的做法真是令人生气！"

响越说声音越小。无处发泄的感情在心头萦绕，那种感觉非常恶心。

"……"

歌一动不动地盯着响的侧脸，突然一把夺过响手中的卡片，把卡片撕了个稀烂。

"喂！"

无视响的制止，她二话不说将纸片塞进嘴里。大伙惊得说不出话来。

歌鼓着腮帮子，将口中的纸片吞了下去。她愤愤地转动右臂，一副随时要干架的样子。

"响。"

听到歌突然叫自己的名字，响扭头看向了她。歌的眼睛深处燃烧着怒火。

她用力地嚅动嘴唇。

"揍扁他们！"

啊，歌生气了。她没有太多言语，只是用肢体努力表达着自己的不满。

对真琴被绑架感到愤怒，对苍蓝火焰被践踏感到不满。多亏了歌，响内心难以厘清的复杂情绪终于变得清晰起来。他也跟歌一样，内心充满了愤怒。

两人对视了一眼，响对歌点点头。

"我们走吧。"

"嗯！""去找他们算账！"周围的伙伴也积极地回应了起来。

响旁边的海纠结地挠着头发。他长叹一口气后，下定决心似的抬起头，用力拍了拍自己的大腿，气势满满地说道：

"好,迎接歌加入后的第一战!"

【side 电气忍者 & 关东狂暴龙虾】

苍蓝火焰与送葬者的比赛场地定在日本桥箱崎町。送葬者的根据地在台场,而苍蓝火焰的根据地在涩谷,所以这里对双方来说都是客场。

大楼的屋顶,首都高速的高架下,水面的摩托艇上,前来观战的观众人数远超其他队伍的比赛。跑酷大战开启前,观众一向很热闹,但今天的观众比往常更为兴奋,原因很简单。

"那边是有一个人吧?"

电气忍者的一名队员指了指用于高空作业的巨型起重机。红色起重机高约三十米,桅杆上伸出的吊臂前端连着一个吊钩,上面用绳索固定着一个铁制吊篮。说是吊篮,其实不过是一个安装了简易扶手的铁架而已。原本是作为脚手架使用,如今成了存放物品的储物柜。

铁架上堆积着的箱子正是今天的战利品。几面颜色各异的三角旗垂在下方，上面煞有介事地写着"PRIZE"的字样。然后，有一个娇小的人影在上面奋力挣扎——是真琴。

明明离地足足有三十米，她身上却没有任何用来固定的绳索。若是用双筒望远镜观测，必然能看到真琴因恐惧与愤怒而瑟瑟发抖的样子，遗憾的是，她的尖叫声根本无法传达到地面。若铁架的正下方是屋顶，或许还有人能听到她的尖叫。但铁架离屋顶有三米高，要从那里下来非常困难。

废弃大楼的一角，电气忍者的领队和关东狂暴龙虾的领队正在那儿观战。关东狂暴龙虾的领队叹着气说道：

"那个好像也是赌注的一部分，听说送葬者想要BB的船。"

"想要'令洋'？难怪这么激动，这次赌得有点大啊。"

"送葬者那帮家伙终于突破了底线。"

"我隐约觉得，送葬者那帮人只是想恶作剧，可BB为什么要接受？万一输了怎么办？"

"可能没想那么多吧，这次接受送葬者的挑衅，不知道是福还是祸呢。希望BB能赢吧。"

"因为前阵子输给送葬者，你还怀恨在心？"

"才不是,我只是看不惯他们在跑酷大战里的作风。"

关东狂暴龙虾的领队仰头看了看作为起点的大楼。天空万里无云,鸟儿们扑腾着翅膀,在空中化作一个个细小的黑影。

【side 响】

带着象征性的独眼恶魔图案的无人机肆无忌惮地在空中穿梭着。苍蓝火焰的成员正神色严肃地站在旁边大楼的屋顶上。

"送葬者那帮家伙……竟然把真琴小姐当成战利品!"

海极力压抑着愤怒,声音在微微颤抖。兔戴上护目镜。矶崎扶了扶眼镜。

大泽稍稍弯腰,为歌戴上帽子——今天由歌代替大泽出战。歌的连帽衫外套着救生衣,她暗暗握紧戴着蕾丝手套的右手。

"千万小心,别受伤哦。"

面对大泽的悉心叮嘱,歌点了点头。

响按住头上的耳机，看了看今天的赛场。日本桥区域最大的特点在于，空中飘浮着多达十辆的废弃电车。受异常重力场的影响，这些电车如同巨蛇一般缠绕在起重机桅杆的周围。

终点的旗子被挂在了塔式起重机吊臂前端的铁架上，要想抵达那里，必须登上更高的位置才行。

这次赛场的主要路线只有一条，那就是穿过楼群，跨过高速公路，踩着电车，最终登上塔式起重机。途中难免会与对手交锋，这时就只能靠实力说话了。

"真琴和'令洋'被当作筹码，我们必须要赢！"

兔也十分赞同响的观点。

"没错！而且，他们的手段也太肮脏了！竟然擅自绑架真琴，还说什么想救人就交出'令洋'，真是莫名其妙！"

"虽然很生气，但为了救真琴，我们绝对不能放弃比赛。"

矶崎冷静地说道。海愤愤地咂了咂舌，用力扯了扯针织帽，目光顿时变得锋锐。

"这不是输赢的问题。听好了，尽量避免正面交锋，要保证速度，尽量速战速决。矶崎和兔负责牵制，我去抢旗子。响和歌……你们两个负责拖住敌人。"

见海看向自己,响点了点头。矶崎摸着脸颊,开口说道:

"送葬者很可能会玩手段,他们有喷射靴,还有无人机,对方的装备远比我们先进,千万不能大意。"

"明白。虽然很恨送葬者的那帮家伙,但还是要尽量避免正面交锋。不能想着去揍对方,一定要想办法赢。"

明明最怒火中烧的是海,可他却能控制愤怒的情绪,做出冷静的判断。他确实有当领队的实力……响暗暗想着。但这些他打死都不会说出口。

"苍蓝火焰,送葬者,准备好了吗?"

苍蓝火焰的队员齐刷刷地看向声音传来的方向,新正站在那里。

新作为赛场的裁判,以往都会在终点处等候,可今天却罕见地站在了起点处。他卷起碎花衬衫的袖子,右手握着信号枪。说是信号枪,但那其实是一种电子设备,扣动扳机后,声音会从后方的音响中传出。

"新先生……"

看到新面无表情地注视着两支队伍,海很想上前说点什么，但还是忍住了内心的冲动。

其实新也不太赞同送葬者这次的做法，但他并没有插手，因为这违反了跑酷大战的理念。

东京跑酷大战是重视自主性的比赛。

跑酷大战不是工作，而是游戏。必须剔除成人的想法和考量，为东京的年轻人提供一个可以赌上荣誉的赛场。既然苍蓝火焰接受了送葬者的挑战，那新便没有理由插嘴。

"该做准备了！"

海话音刚落，队员们走了出去。响看了看旁边的歌。

"能行吗？"

"能行。"

歌转动手臂，愤愤地点点头。

待在铁塔上的五名送葬者队员也朝起点位置走来。一模一样的面具，统一以紫色和黑色为基调的赛服。除队长以外，其余四人的身形几乎一样，根本无法区分。从对话内容来看，他们似乎是用数字区分身份，领队是 1 号，其余则是 2 至 5 号。

苍蓝火焰的成员站成一排，送葬者刻意站在了他们前面。这一瞬间，两支队伍初次正面对峙。

送葬者的一名成员操控手里的遥控器,让无人机停到两支队伍的中间。无人机旋转着四个螺旋桨,悄无声息地捕捉着苍蓝火焰的画面。

配备的显示屏上的绿色图标是正在直播的标志。送葬者此前也在利用无人机向泡泡壁外的人直播跑酷大战。

面对对手赤裸裸的挑衅行为,空气顿时变得紧张起来。

"浑蛋!"

兔突然冲了出去。海连忙拽住他,并冷静地瞪着摄像头。

"尽管拍好了,反正到头来记录的是你们的惨状。"

送葬者的领队似乎并不介意,他举起戴有手套的双手,左手的扬声器传出怪异的机械音。

"播放量上升,本月财运大增!"

"什么播放量!"兔嘀咕道。海没有理会,默默站到了起始位置上。

送葬者的领队和海并列站在满是缝隙的护栏前。响等人微微屈膝,摆出准备姿势。

"苍蓝火焰 vs 送葬者!"

新的声音在晴空下回荡,他将信号枪举向空中。

"预备，出发！"

【side 苍蓝火焰】

伴随一阵刺耳的枪声，双方队伍冲了出去。

队员们跨过护栏，踩着墙壁上的管道，很快离开了屋顶。新也连忙朝着终点位置赶去。跑酷大战的赛场很大，随着比赛的进行，观众也时常会更换观赛地点，关东狂暴龙虾和电气忍者的领队正在水面的摩托艇上观战。

比赛一开始，送葬者的队员们便踩着喷射靴向前疾驰，鞋子底部喷出的水把四处弄得湿漉漉的。

"太狡诈了！"

兔边跑边喊道。

"那根本就是作弊吧！"

正如兔所言，在喷射靴的助力下，送葬者的跳跃能力大幅提升。苍蓝火焰的成员根本不可能如此轻松地在大楼间跳跃。很快，送葬者把苍蓝火焰甩在了身后。

"分别前往阿尔法点和德尔塔点，连成直线。"

"明白!"

送葬者的队员边用对讲机沟通,边有条不紊地行动着。当中一人突然跑进了购物商城内部。那是一处自走式立体停车场。

"我去追!"

矶崎扭头喊道。他曾是田径运动员,论平地奔跑,队伍里数他速度最快。送葬者的队员消失在了扭曲变形的卷拉门缝隙中,矶崎毫不犹豫地追了上去。负责牵制任务的兔也跟了过去。

【side 矶崎】

立体停车场内部静得可怕,脚步声显得格外响亮,很容易就会暴露己方的位置。

"听不到敌方的脚步声。"

矶崎边走边扫视四周。兔则发出了惊恐的声音。

"小矶,你也太快了吧!"

"干吗这么叫我?"

"一时兴起嘛。话说,你跑步真的好快,都可以去参加奥运会了。"

"我只擅长短跑,长跑就另当别论了。"

"等我上了初中,我绝对不要加入田径队。"

"那你想加入什么社团?"

"跑酷社。"

"我也有兴趣。"

"对吧!"

两人继续往前走了一会儿,建筑的部分位置突然开始坍塌。墙壁露出一个大洞,碎裂的混凝土墙柱上露出许多钢筋。立体停车场旁伸出一根细长的混凝土柱,虽然有些危险,但要想跳到隔壁大楼上,就只能先走这里。

矶崎闭上嘴巴,仔细捕捉四周的动静,但耳边只有兔的呼吸声。若是如此,那完全可以一口气冲过去。

矶崎微微弯腰,猛地加速起来。正当他冲到立体停车场外伸出的混凝土柱上,集中精力准备跳跃时,右侧突然袭来猛烈的冲击。送葬者突然从附近冲出来,将矶崎踢了下去。

矶崎无法抵抗强烈的冲击,整个人从立体停车场上掉了下去。附近就是大海，绝对不能掉下去。矶崎拼命划动双手，试图改变坠落方向。

"小矶！"

兔大喊道。他试图跑上前抓住矶崎，却被躲在暗处的对手一脚踹了下去。

"哇啊！"

兔在墙壁上撞了几次，身体急速坠落。不知是幸运还是不幸，坠落的位置附近有一个落脚点。虽然被水淹了一半，但总比掉入海里要强。根据跑酷大战的规定，只有掉入海里才会被判出局，所以只要重新站起来，就还能再战。

矶崎借助四肢落地后，连忙摆好姿势，张开双臂，接住了坠落的兔，使其免于落入海中。

"勉强躲过一劫。"

矶崎抬头仰望上方，这里距离刚才的位置有一些距离。是绕其他路线过去，还是垂直爬上建筑的墙壁更快呢？立体停车场的墙面上有许多落脚点，沿着墙壁往上攀爬会更快一些。但周围大多是一些开裂或是即将崩塌的建筑，考虑到风险问题，还是重新回到高速公路上比较好。

矶崎陷入沉思。兔突然抓住矶崎的手，一把拽了过来。

"危险!"

兔抓着矶崎的手跑了出去,矶崎一头雾水地跟着跑了起来。下一秒,震耳欲聋的坍塌声袭来。兔和矶崎刚才所在的位置附近的大楼开始快速崩塌。

扬起的粉尘、飞散的瓦砾、倒塌的建筑碎片朝着两人的落脚点砸去。生命比比赛更重要,两人连忙跳入海中。伴随一阵剧烈的飞沫过后,海面被浅黑色的空气包围。

"噗哈!还以为死定了呢。"

见崩塌的声音平息,兔连忙钻出了海面。矶崎用力划着水,透过被浸湿的眼镜看了看兔。

"帮大忙了!没想到会变成这样!"

"送葬者那帮家伙故意用喷射靴破坏墙柱。我绝对饶不了那些家伙!"

对手明明领先许多,却还是折回来,设法击溃了矶崎和兔。他悄无声息地躲在暗处,等待时机下手,等两人掉到底下后,再摧毁整栋建筑。从这种不留后路的做法可以看出,对方已经下定决心想要打败苍蓝火焰。

也许送葬者的目的并不是单纯的胜利。对他们来说,这是一场危险的赌博。他们故意用喷射靴破坏大楼,营造出华丽的视觉效果，利用装备优势上演一出碾压式对战戏码。送葬者越强，网络前的观众就越狂热。

对泡泡壁外的人来说，这不过是一档娱乐节目。

"对方可能故意选择了一栋经受冲击后容易坍塌的建筑。都怪我，没有察觉到他躲在了那里……不，打一开始我就不该追上去。是我判断失误，把你也卷了进来。"

"不是你的错啦，你不用道歉！我刚刚救了你，你得夸夸我，快点夸我很勇敢啊！"

鲁莽和勇敢是两码事。矶崎想起自己曾经对兔说过的话，眼里露出一丝笑意。

"嗯，你刚刚超酷。"

"嘿嘿。"

兔抓了抓刘海，咧嘴笑了笑。但他的神色很快变得阴郁起来，嘴里低声嘟哝道：

"不知道这次 BB 能不能赢呢……"

"只能相信他们了。"

"嗯。"

矶崎的手每动一次，水滴便顺着袖口淌下。

"不过！"矶崎看了看两侧，"大楼坍塌后，都没有地方落脚了,该怎么上去呢?"

就在两人束手无策的时候,耳边突然传来摩托艇的声音,"嘟嘟嘟嘟嘟",水面传来沉闷的声响,矶崎猛地抬起头。波纹层层扩散开来,将两人团团包围。

"喂,你们没事吧?"

是关东狂暴龙虾和电气忍者的领队,两人正在摩托艇上用力挥着手臂。看来是来救他们的。

"快点,上来上来!"

两位领队分别抓住矶崎和兔的手,将他们拽上了摩托艇。兔像只落水的小狗,上船后不断抖动着自己湿漉漉的身体。

"比赛进行得怎么样了?"

矶崎问道。电气忍者的领队指了指高处的扬声器。强行固定在铁塔上的喇叭状扬声器里传来了威严的声音。

"BB落水,剩余三名队员!"

【side 响】

"不是吧,这么快就出局了两个吗?"

听到扬声器里的播报,响身边的海茫然地嘀咕道。扬声器里并没有传来送葬者队员落水的消息。现在是三对五,考虑到矶崎和兔那边的对手还未来得及会合,目前等于三对四。就算那家伙一时半会儿回不来,眼下从人数上来说,苍蓝火焰依然处于劣势地位。

"没空在这里浪费时间了。"

"我知道!"

海粗暴地回应了响的提醒。三人随即奔跑起来,在大楼间跳跃穿梭,各自朝着终点奔去。

高速路上的指路牌,遍布裂纹的道路,扭曲变形的铁柱,倒下的电线杆……响快速地筛选着眼前的信息,按照有用程度进行分类。比如哪条路线可用,哪条路线不可用,野生泡泡需要注意哪些,敌人什么时候可能发起进攻。

响仰头看向上空,无人机正悄无声息地跟着自己。

【side 送葬者】

送葬者的第四名队员有条不紊地跟在先行的三名队员

身后,踩着旁边的大楼向前疾驰着。

送葬者在比赛时从来不会闲聊,只在必要时用机械面具里的对讲机分享有用的情报。

送葬者的领队静静地观望着比赛,他瞟了一眼队员的方向。附近是通往箱崎交叉路口的高架桥,受重力场的影响,上面停着不知从何处飘来的卡车,以及脱离路面后无人处理的家用小汽车。被隔音墙包围的马路一侧有两条车道,另一侧的车道已经塌陷,根本无法通行。周围区域也全部被水淹没。

"趁现在!引诱他们前往西格玛点!"

"明白!"

领队一声令下,送葬者的队员们火速行动了起来。

【side 响】

因为中途没办法停下,响、歌、海三人小心翼翼地向前奔跑着。对手每走过一个地方,四周便布满喷射靴留下的飞沫。占据领先位置的是送葬者的成员,响等人身后还跟着三名对手。

响谨慎地跟在海身后,其间扭头看了看身后的歌。两人对视片刻后,歌抿紧嘴唇。

"我们走!"

海话音刚落,响迅速从大楼屋顶跳向高架桥,双手攀住隔音墙,借助臂力爬了上去。跨越隔音墙后,响踩着废弃的卡车,跳到了高速公路上。歌灵活地在中央分离带的墙壁上疾驰着。

暴晒后的沥青的气味刺激着响的鼻腔。道路中央画有白色虚线,旁边有两个箭头,一个笔直向前,另一个则向左弯曲。两旁整齐排列的路灯早已无法使用,仅剩一个个圆形灯泡挂在上面。

前面一个,后面三个。响边计算着敌方阵营的位置,边思考下一步计划。兴许是被隔音墙阻挡,高速路上没有野生泡泡。不同于对手,响没有喷射靴,在没有泡泡的情况下,很难跳到高空,要想改变路线,就只能借助车辆等物品起跳,可前后都是敌人,根本没时间磨蹭。后面有三个敌人,就算是三对三,也会让前面那个人抢先抵达目的地。

"把前面那家伙搞下来!"

海轻声嘀咕道。响微微睁大了眼睛,因为他的想法与海不谋而合。

"嗯。"

响点点头,取下头上的耳机。瞬间,庞大的音浪袭向响的耳膜——混凝土桥下传来海浪旋转翻腾的声音,吹过隔音墙的风发出"呜呜呜"的低吟声,扬声器传来断断续续的信号音——这些声音震动着耳膜,撼动着大脑,过剩的噪声剧烈地刺激着响的听力。

响深吸了口气,努力分散自己的注意力。确实很吵,但比那时要好得多。这里没有往来的车辆,人也很少,没有泛滥的电子设备,也没有可怕的工业噪声。所以,没关系。声音十分清晰。

响握紧拳头,猛地向前迈出。与此同时,海跳向前方的敌人,但他扑了个空。敌人加大喷射靴的威力,跳到更高的上空,避开了海的偷袭。

"被摆了一道!"

海话还没说完,脚下突然传来一阵剧烈的冲击。响回头一看,后方的道路开始坍塌。路面的裂纹突然扩大,柏油马路如同水面的薄冰一般,迅速地裂开、崩塌。停着的卡车随着坍塌的路面一同掉了下去。

"那些家伙,竟然做到这种地步!"

"送葬者的那群家伙似乎已经逃离这里了。"

"我们也快逃!"

在响等人交谈期间,道路还在不停地崩塌。因为突如其来的冲击,路面顿时变得脆弱,开始了大面积的坍塌。

这里显然没办法再待了。

前面有一辆小汽车。响等人拼尽全力穿过中央分离带,他们本想跳到对面的车道上,可根本没有落脚的地方。

道路快速坍塌,隔音墙向外侧倒塌。几辆车被弹到了空中,混凝土柱拦腰折断。响等人拼命抓住桥面的碎片,好不容易找到一处落脚地,但位置太小,质地太脆弱。

响拼命抓住建筑碎片,向下看了看。崩塌的高架桥下方是巨大的蚁地狱,掉落的碎片、沙尘瞬间被漆黑的旋涡吞噬。兴许是产生了异常的重力场,周围刮起了龙卷风般的强风。小碎片和飘浮的泡泡被暴风卷起,剧烈地旋转碰撞。

如果强行爬上坍塌的高架桥,即便找到落脚点,也很可能会随着桥面一同坠落。但除此之外,他们别无他法。若是普通的海,或许还可以赌一把,但下面可是蚁地狱,一旦坠落,恐怕会有生命危险。

"是陷阱吗?"

海咬着牙自嘲似的说道。站在飘浮着的电车上的送葬者队员喊道:

"那就先告辞了!"

对手通过扩音器傲慢地说完,带着同伴朝着终点跑去。

"可恶!"响懊恼地咂了咂舌。

海所在的位置比响更高,位于最底下的是歌。三人相互能听到声音,但伸手没法触碰到彼此。

响探出头,观察起周围的情况。既然实在找不到落脚点,那就只能靠野生泡泡了。

"等一下,响!"

海制止了跃跃欲试的响。海把针织帽戴得很深,响看不到他的眼睛。

"如果直接跳过去的话,会被蚁地狱吸进去,那样就正中他们下怀了。"

"那该怎么办?就这样耗着吗?"

"我也知道待在这里根本毫无胜算,但是,总比让你和歌去送死要强!"

海用力咬着嘴唇,懊恼地低下头。

谁说要去送死了,跟你没关系吧?若换作平时,响肯定会这么说吧。但这次他没有这么做,因为他觉得不合时宜。

从刚刚开始,喉咙一直隐隐作痛,抓住建筑碎片的右手被粗糙的截面擦出了浅浅的划痕。干脆让疼痛来得更猛烈一些,这样就可以遮掩自己狼狈的样子了。

"真是太卑鄙了……"

上方再次传来说话声,响抬头看了看海。他的声音里充满了懊恼。

"他们故意把我们引到一个没办法跳开的地方。那些家伙既有钱又有先进的道具,我们打一开始就没有胜算。"

在"令洋"生活这么多年,响还是第一次听到海说这种示弱的话,毕竟他身上肩负着领队的沉重使命。如今那张故作坚强的假面终于剥落,悄无声息地落入深不可测的蚁地狱。

响用力握紧头上的耳机,他突然很想捂住自己的耳朵。

耳朵深处一阵刺痛，耳膜内侧有什么东西在骚动。

这时——

"旋涡。"

虽然只有两个字，但响听得十分清楚。那声音如同划破云层的闪电一般，在嘈杂的噪声中显得尤为清晰。

响猛地看向下方。歌正默默地看着蚁地狱，她指着海面，再次说了同样的话语。

"旋涡！"

话音刚落，歌朝着旋涡跳了下去。

"喂！"

海和响不约而同地喊道。轻盈地跳向旋涡的歌被暴风卷起，娇小的身躯被风肆意蹂躏着。歌头上的帽子随之掉落，眨眼间被吸入了蚁地狱。凌乱的蓝色头发沾在白皙的脸颊上，歌撩起刘海，扭动身体旋转起来。是响之前教她的技能——并腿侧空翻。

响下意识地咽了口唾沫，一直紧张地盯着歌。她再次哼唱起来，夹杂着吐息的歌声正是先前听到的泡泡的声音。

歌逆风调整姿势，在泡泡间跳跃着。她灵活地避开接连袭来的泡泡和建筑碎片，顶着暴风轻盈地疾驰着。超乎常人的实力赢得观众的阵阵喝彩。

"太厉害了吧!"

"BB之前有这个队员吗?"

"这可不是一般厉害啊!"

歌顺着泡泡逐渐往高处跳跃,很快,她来到了高耸的天线塔上。她站在塔的顶端,扭头大喊道:

"响!快来这里!"

歌使出浑身力气大喊道。响用力攀住建筑断面,猛地睁大眼睛。

"响!"

这次的声音听起来更沉稳,是海的声音。

海松开手,跳到高架桥的表面,再顺势滑到歌刚才所在的位置。他握紧双手,架在身体前方。

"至少要让你跳过去!"

"海……"

"我没力气跳过去了,但你可以!"

两人四目相对,海的眼神里闪烁着坚韧的光芒。跳还是不跳?犹豫片刻后,在海充满期待的目光下,响松开了手。

身体快速坠落，为了能准确地踩到海的胳膊，响尽量让自己集中精力。

鞋底传来一阵踏实的触感。

"去吧——"

海用尽浑身力气喊道。他用力抬起双手。与此同时，响以海的双臂为踏板，猛地跳了起来。

瞬间，模糊多年的听力突然变得清晰。如同迷雾散开一般，一切听起来都不一样了。

自由！没错，响的脑中莫名地闪过这个词。背负已久的沉重枷锁像蜕壳一般，从响的身上剥落。

响迎风落在了泡泡上。明明跳下去可能会小命不保，可响一点也不害怕。侧耳倾听泡泡的声音，响循着熟悉的旋律快速向前跳跃着。滑过脸颊的风，凌乱的刘海，海浪翻滚旋转的声音，以及自己的呼吸声，仿佛一切都融为一体。

响猛地向前踏出一步，落到了歌所在的天线塔上。歌惊讶地睁大眼睛，旋即微微一笑，响用力点点头。两人没有说话，默契地朝前方进发。

踩着飘浮的废弃车辆，跳过悬浮的泡泡，越过飘散的建筑碎片,没有像样的道路,没有稳定的落脚点,每一次选择都可能导致坠落,但要想赢得比赛,除此之外别无他法。

如果一个人不行,那就两个人一起跨越。

送葬者的队员们凑上前来试图妨碍,响轻易地避开了攻击。喷射靴无法驾驭不稳定的泡泡,敌人扑了个空,直线坠入大海。

响和歌每追赶上一个对手,观众席便传来热烈的欢呼声。倒立越过建筑碎片,踩着泡泡跃起,侧身翻过障碍——两人接二连三地越过不稳定的落脚点,向前疾驰着。

心中涌起的这种畅快感应该起名叫什么好呢?响边驱动双腿,边看向旁边的歌。

她正面带微笑,愉快地在泡泡间跳跃穿梭,额头上淌下的汗珠闪烁着宝石般的光芒。飘逸的发丝,闪烁的眼眸,她奔跑的样子是那样美丽。

心情莫名高涨,难以言喻的喜悦感袭上心头。

"走吧!"

响跳起的瞬间,耳机从脖子上滑落,朝下方快速坠落,但响丝毫没有理会。

因为,他已经不需要那东西了。

伴随着一阵阵轰鸣声,大楼接连倒塌。两人穿过坍塌的大楼缝隙,快速向前疾驰。作为终点的塔式起重机就在眼前。

缠绕着铁制桅杆的电车如同一个做工粗糙的玩具,车厢的连接处扭曲变形。每踩一次,车厢的表面便传来"咣咣"的碰撞声。

只要抵达第十节车厢,爬上塔式起重机的桅杆便可成功。第六节、第七节……响闷头奔跑着。耳边突然传来一阵剧烈的水声,响条件反射地看了过去。送葬者的领队正驱动喷射靴朝响靠近。

领队从数米远的上空快速逼近,利用下坠的惯性使出一招扫腿。伴随一阵划破空气的刺耳噪声,响的眼睛下方传来一阵剧痛——应该是被对手的鞋子划伤了脸。喷射靴的鞋底十分锋利,响的脸上很快涌出鲜红的血液。

视线被挡住,大脑瞬间有些眩晕。响极力控制住身体,继续向前奔跑。敌人可能用力过猛,身体失去平衡,砸在了废弃的车辆上。受冲击力的影响,此前处于平衡状态的电车剧烈摇晃起来。震动波及范围越来越大,飘浮的车辆接连坠落。

在前方奔跑的响突然从最前面的车厢上跳起,忍着疼痛,用左手攀住铁架的边缘部分,右手则伸向歌。电车的车厢接连坠落,若是等到最前面一节车厢坠落时起跳,恐怕会够不到!

"歌!"

可歌依旧呆站在原地。她为难地看着响的右手,微微张开的嘴唇发出枯木般的干涩声响。

"快来!"

响再次朝她伸出手。歌朝旁边瞟了一眼,神色突然变得严肃。她微微屈身,向前助跑一段距离后,猛蹬即将坠落的车厢,向空中跳起。跳到最高点后,她的身体开始坠落。响向她递了个眼神,但歌没有理会,直接从响的身旁擦过。

"砰!"突然传来某物被击中的声音——歌的脚踢中了意欲偷袭响的敌人。电车的崩塌声与喷射靴的喷射声交杂在一起。响竟然丝毫没有察觉到敌人的存在。

歌踩着敌人的身体,转身跳了起来。送葬者领队的面具当即被踢落,露出了真实面目。他挣扎着试图抓住什么,但终究是徒劳。独眼面具"咔嗒"一声掉在了空无一人的废弃大楼屋顶。

敌人全部被扫除。见歌再度起跳,响再次朝她伸出手。

歌用左手抓住了响的右手。

刹那间,无数细小的泡泡从接触的位置喷出。歌连忙闭上眼睛,溢出的泡泡随风飘摇,有些附着在了她的肌肤上,脆弱的泡泡顷刻间破裂。

响加大了右手的力度。

"歌,去吧!"

为了掩盖手臂的疼痛,歌用力挥动手臂。大量泡泡飞散到空中,歌奋力一跃。

歌的身影与太阳重叠,响有一瞬间处于逆光状态。划过空中的黑色人影清晰地刻印在了响的视网膜上,连帽衫的左袖在风中飘荡着,原本完好无损的左手不见踪影。

歌在塔式起重机的吊臂根部双腿着地,沿着向上倾斜的吊臂快速跑去。

闷头奔跑。

歌朝着塔式起重机的顶端一跃,右手顺势抓住旗子,将其从吊臂上拔出,高高举起。

哇！观众席当即传来热烈的掌声和欢呼声；真琴激动得双眼噙满泪水；响在桅杆上仰头看着歌；关东狂暴龙虾和电气忍者的领队激动地抱在了一起。

终点处的新安心似的扬起嘴角。他举起右手，骄傲地宣布结果：

"游戏结束！胜者是——苍蓝火焰！"

【side 响】

响攀上桅杆，终于来到了终点所在的屋顶上。因为左手用力过度，响的指尖早已通红。为了掩盖左手的不适，他故意摸了摸自己的右脸。眼睛下方的伤口依然隐隐作痛，但摸着没有血，看来伤口早就止血了。

响朝四周扫视了一圈，很快在屋顶的一角发现了歌的身影。阳光照射到屋顶，混凝土地面分为一半阳光，一半阴影。为了躲避聚集在阳光下的响等人，歌独自一人站在了角落里。连帽衫的左袖空荡荡的。

察觉到异样，响担忧地问道：

"歌,你没事吧?"

说起来,比赛的时候,歌一直护着左手。见响慌张地朝自己走来,歌为难地避开了他的目光。等响再继续靠近,歌慌忙往后退了几步。

歌娇小的身躯被响的影子完全覆盖。光与影的界限,仿佛一堵横在他们中间的高墙,歌不允许响跨过那条线。歌微微扬起嘴角,露出僵硬的笑容。

正当响要再次呼唤歌的名字时,身后突然传来嘈杂的声音。

"干得漂亮啊,喂!"

兔来到了屋顶,他笑容满面地朝响这边跑来,后面陆续跟着海、矶崎还有大泽。兔兴奋地拍打起响的背来。

"我们赢了哦,太厉害了!"

"响和歌都干得不错!"

哈哈哈!海咧开嘴,愉快地笑了起来。矶崎抚慰似的拍了拍响的肩膀。

"我和兔刚开局没多久就落水了,多亏了你们才能绝处逢生啊!"

"看得紧张死我了,两位真的辛苦了!"

大泽笑着对歌说道。歌抓着左边的袖子,害羞地笑了笑。

"喂!"

上空传来不满的说话声。响等人齐刷刷地抬起头,贴在箱子旁的真琴小姐顺着楼梯走了下来。白色衣摆随风翻滚,隐约能窥见里面的粉色裙子。

"真琴小姐!"

海激动地挥了挥手,但真琴没有理会他,而是直接一把抱住了响。柔软的身体突然贴到自己身上,响一时间手足无措,真琴抱着响的手突然加大力道。

"响,你真的太棒了!"

"哦,哦。"

真琴刚松开响,却又一把抱住了歌。不知为何,她比抱着响的时候还要激动。

"歌也是!真的真的超酷!我看着都紧张死了,就怕你会受伤,但最后也只能选择相信你了。"

歌也伸出右手抱住了真琴。她用额头在真琴的肩头摩挲着,委屈地呜咽起来。

真琴擦了擦眼角的泪水,转身扫视起苍蓝火焰的其余成员。

"不只是他们两个,还有你们也是,谢谢你们坚持到了最后!"

听到真琴的话,海粗暴地说道:

"我们怎么可能丢下真琴小姐和'令洋'不管!"

"就是就是,还有,我们并不是为了真琴,而是为了战利品哦。"

"真是的,好意思说出这种话?"

"咿呀啊啊!"

真琴气愤地捏着兔的脸说道。兔疼得连忙跑开,真琴赶忙追了上去。旁边的大泽和矶崎对视了一眼,哈哈大笑起来。

响下意识地摸了摸脖子,却发现那里空空如也。他这才想起来,耳机早就掉进了海里。

佩戴已久的东西突然消失,响有些不习惯,甚至有些不安。但摆脱耳机之后,整个人变得神清气爽。

当天晚上,"令洋"的餐厅一如既往地热闹。房间中央堆放着数个装有战利品的箱子,海正坐在上面。

这是比赛后例行举办的庆祝会。今天在一旁观战的电气忍者和关东狂暴龙虾的队员以及其他观众也都参与了进来，平日略显宽敞的空间在今日显得尤为拥挤。

为了避开嘈杂的人群，响悄悄地坐在了角落的桌子前。旁边的矶崎正在用摇酒壶制作蛋白饮料。"你也要吗？"矶崎问道。响连忙礼貌地拒绝。

"哎，今天我们苍蓝火焰用蓝色火焰消灭了送葬者，然后平安救出了真琴小姐！"

海发表完讲话后，周围传来"太好了！""耶！""哟！"之类的起哄声。站在储物箱旁的真琴低下头说："让大家担心了，我平安回来了！"然后像刚发表完选举演讲一般，朝周围人挥了挥手。

响拿起桌上的纸杯，里面是可乐。聚集在这里的人大多都拿着饮料，毕竟还未成年，只能选择饮料或茶水。

拿着罐装啤酒的真琴轻轻咳嗽了一声。

"那么，祝愿在这里的亲爱的笨蛋们今后越来越出色——"

真琴高高举起手中的啤酒，开心地说道。

"干杯！"

"干杯！"

容器的碰撞声此起彼伏。矶崎笑着走上前，响不情愿地举起纸杯。

"嗯，还得是这个味道！"

真琴仰头喝了口啤酒，舒畅地眯细了眼睛。

"来来，喝嘛喝嘛。"

"哎呀呀。"

"我可以一口气喝完这些可乐！"

"是红色火焰燃烧殆尽吗？"

"别恶搞我们的口号啊！"

"电忍的口号应该是，用黄色电力麻痹你们。"

"逊毙了！"

"电力这个词也太逊了吧。"

"闭嘴，火焰才老土呢。"

"啊，想单挑吗？"

除真琴以外的家伙都在喝着果汁，但气氛依旧火热。周围的人相互拌嘴，嬉戏打闹着。

在稍远的房间一角，关东狂暴龙虾和电气忍者的领队正在销毁、拆解一些电子设备。两人的周围凌乱地散落着一些摄影器材,上面印着熟悉的独眼图案——是从送葬者那里没收的器材。

"那些家伙再也没办法作恶了吧?"

关东狂暴龙虾的领队得意地说完,盘腿坐到了空箱子上。电气忍者的领队则高雅地坐在办公椅上,把玩着没收来的无人机。

没想到这两人关系挺好。响暗暗想着。

"损失这么多器材,那些家伙肯定也很头疼。他们也答应不再直播。"

"擅自利用比赛赚钱,本就不可饶恕。竟然用这种肮脏的手法牟利。"

关东狂暴龙虾的领队嗅着蜜瓜包外形的玩具,沉醉地闭上了眼睛。那是一个用柔软聚氨酯泡沫做成的食物模型,看起来十分逼真,是种减压玩具。

在一旁操作着遥控器的电气忍者领队嫌弃地说道:

"你能不能别边闻着那东西边说话啊。"

"你可别小看减压玩具哦!"

"小看减压玩具的是你吧?"

"啊?"

关东狂暴龙虾的领队紧紧握着减压玩具，怒声喊道。电气忍者的领队没有理会，操控无人机飞到了房间中央。

海、兔、矶崎与其他队伍的成员在房间中央聊得正欢。海今晚尤为兴奋，遇到谁都能攀谈几句。

"苍蓝火焰！"

"燃烧殆尽！"

海说完口号后，其他人齐刷刷地举起手臂。看到当中有个人慢了一拍，海笑着指着那人说道：

"笨蛋，你慢了！"

"我才没慢！"

那人噘着嘴巴反驳道。兔幸灾乐祸地插起话来：

"慢了！只有你一个人慢了！"

"要这么说的话，那再来一次！"

"没办法了。"海点点头，故意装作很严肃的样子，但其实心里乐开了花。终于，他忍不住大笑了起来。意识到海在开玩笑后，其余成员也跟着捧腹大笑起来，当中还有人激动地拍起了桌椅。

兔本想加入他们，但他似乎注意到了响的视线。他轻轻"啊"了一声，一动不动地注视着响裸露在外的耳朵。

兔跳下收纳箱，快步走到响的身边。

"响，那个……你觉得吵吗？"

响仰头喝着饮料，用余光看了看兔。他将杯子放到桌上，坦诚地回道：

"很吵，跟往常一样。"

听到响突如其来的发言，现场顿时安静了下来。红着脸大声喧闹的人露出尴尬的神情，看向响那边。

圆盒里放着一块扇形加工奶酪，为了证明自己的听力已经恢复正常，响得意地拆起了奶酪的包装。明明不是比赛，不知为何，响感觉自己心跳很快。

"但是，今天的游戏光靠我是绝对不可能赢的。"

说这些话需要很大的勇气。响在奶酪的尖端咬了一口，咀嚼了起来。咸辣的味道在舌头上蔓延开来，流向喉咙深处。若不用这种方式掩盖内心的羞耻感，响恐怕没办法说出自己的真实想法。

此刻的响满脸通红，他装作不知情的样子，故作镇定地说道：

"那个……谢谢。"

明明是一句坦诚的道谢，苍蓝火焰的队员却不约而同地咽了口唾沫。

"响会道谢了？"

矶崎难以置信地扶了扶眼镜。

"太……太意外了！"

"你怎么了？吃坏了什么东西吗？"

兔有点怀疑自己的耳朵。海开始胡乱猜想起来。明明只是普通的道谢，大伙的反应却十分夸张。

真琴双眼闪烁着光芒，边喊着"原来你也有可爱的一面嘛"，边用力抱住响。见状，海连忙绕到响的身边。

"真琴小姐怎么每次都抱你，太狡猾了！"

说着，海用手臂锁住响的脖子。

"喂，快住手！"

真琴实在看不下去，连忙伸手推开海的脸，现场乱成了一团。

"他们看起来好开心啊。"

大泽笑着说道。响不由得皱起了眉头。其实并没有很开心，但也没有很难过。

响任由两人打闹，自己则再次扫视起整个房间。关东狂暴龙虾和电气忍者的成员们正聊得火热，坐在收纳箱上的兔和旁边的矶崎好奇地窥视起响的脸。

所有人都在庆祝苍蓝火焰的胜利,但关键的主角——歌不见踪影。

"喂,你怎么了?"

海故意挡住响的视线,打量起他的表情。

"歌……"

响闭上嘴巴,从座位上起身。靠在他身上的真琴突然失去平衡。

"抱歉,失陪一下……"

说着,响打算离开房间。"喂喂!"兔无奈地叹了口气。

"响,你老是这样!就不能陪我们——唔啊!"

兔试图劝阻响。"行了行了!"海连忙捂住了他的嘴。兔使出吃奶的劲掰开海的手,朝他瞪了一眼。

"干吗啊?"

"哎呀,谁叫你这么鲁莽。"

"鲁莽?"

兔歪起头问道。矶崎轻笑了一声。

"因为兔还是个小孩嘛。"

"你这是什么意思?"

兔从冰箱上跳下,摆出干架的姿势。海粗暴地摸了摸他的头,拿起桌上的可乐。他摇了摇透明塑料瓶中的茶色液体。

"别说了,再多喝点吧,难得的宴会。"
"你怎么搞得跟喝了酒一样。"

矶崎笑着调侃道。海扬起了嘴角。

"不是酒,是胜利让我醉了。"

走出"令洋"的瞬间,四周顿时一片寂静。以前响也经常趁晚上独自出去散步,可今天他却莫名地有些留恋会场的热闹,他也不明白自己为何会出现这种心态上的变化。

响轻轻地跳上沐浴在月光下的泡泡。一轮明月悬挂在浩瀚的夜空,泛白的圆月上带着些许阴影,形状像一只在捣年糕的兔子。

难怪古人认为月亮上住着兔子。响的脑中突然冒出这些平日从未有过的想法。可能是因为打败送葬者后,内心有些激动吧,只是他自己没察觉到而已。

突然,响想起了曾经的对话。那是真琴被绑架前,响、歌、真琴三人在餐厅学习时说过的话。

"就算打算一直留在东京,也得好好学习哦。"

这是真琴时常挂在嘴边的台词。

她的私人书架上摆放着许多对响来说过于晦涩的专业书本,书架以外的位置凌乱地摆放着一些小、中、高学生的教科书。据说是真琴确定被派来"令洋"时,别人塞给她的。

除真琴以外,之前被派遣到"令洋"的大人当中,有很多也当过孩子们的老师。但因为观念不合,学习过程十分痛苦,孩子们每次都坚持不下来。

"不过,不知道歌的学习能力到底怎样呢。她经常趁我不在的时候翻阅我房间的专业书籍。"

真琴在食堂的长桌上摊着笔记,开始耐心教授歌和响物理学的知识。除了笔记,还有从铃木那儿借来的参考书,以及教科书。桌上还放着歌借来的满是图片的杂志。封面上是一张银河的图片,角落处写着"最新宇宙特辑"的字样。

"关于歌的身世,果然还是谜团重重呢。就算一直住在泡泡壁内，至少五年前应该上过学啊，可她好像从来没有体验过集体生活。"

"歌肯定也有很多难言之隐吧。"

歌抚摸着杂志的封面，用戴着手套的手指在布满星辰旋涡的银河上画着圈。

"她从哪儿来的并不重要，只要她在这里就够了。"

"是吗？"

真琴坏笑着说道。响不悦地皱起眉头，停下手中旋转的笔，轻轻瞪了真琴一眼。

"干吗啊？"

"没什么，就是觉得你说的挺有道理的。"

真琴拖出办公椅，轻轻坐到上面，跷起二郎腿，伸着懒腰说："休息一会儿吧。"歌仍在凝视着封面上的图片。

"据说我们的银河系在四十五亿年后会与仙女座星系合为一体哦。"

"仙女座星系？"

"就是图片上的旋涡状星系哦。"

说着，真琴用指尖敲了敲杂志的边缘。

"这里距离地球约二百五十万光年，是人类用肉眼可以观测到的大型星系。据说地球所在的银河系与仙女座星系发生碰撞后,经过一定时间会合并成一个星系,变得比现在更大哦。"

"二百五十万光年。"响轻声嘀咕道。一万光年大约等于九万五千兆公里,这样一算,距离实在遥远,根本无法想象。

"聚集,爆炸,散落。组成我们身体的元素终将聚集,成为其他物体的材料。"

"哦。"

好深奥。响边心不在焉地听课,边翻阅歌拿来的杂志。前半部分基本都在介绍宇宙,后半部分则介绍自然灾害和战争。

响无聊地翻看着,歌突然按住了其中某个页面,上面刊载着台风的卫星照片。

"旋涡。"

歌指着台风眼说道。真琴点点头。

"没错,旋涡可以用来表示银河、台风和生物分子的构造,是生命的固定形式。"

"哦,是吗?"

"最近也有人猜测说,泡泡是宇宙生命体入侵的证明。"

"宇宙生命体?"

听着跟外星人一样。响皱起了眉头。真琴似乎毫无察觉,继续得意地说道:

"地球上突然出现的泡泡群,可能是来重置生态系统的。不只是地球,可能很多行星都发生了相同的事情。净化行星,回归虚无,进入新的循环。东京降落的泡泡……就像竹子一样,乍看之下十分散乱,但其实它们的根部紧密相连。其他地区的泡泡也是如此,即便没有任何功能,在整体上也会相互作用。"

"辉夜公主!"

歌突然大喊道。真琴和响面面相觑。响无意识地转动右手的笔,这种转笔的动作并没有什么特殊意义,不过是一种习惯。

"说起来,昨天睡觉前读过这个故事对吧?"

"辉夜公主?"

"没错,歌听完非常兴奋。啊,说起辉夜公主,好像有人猜测说,辉夜公主其实是来自月球的外星人。"

"好没有可信度啊。"

从科学角度来考虑，实在缺乏可信度。真琴扶了扶眼镜，盯着响说道：

"我也不信啊。"

"但就算有高等生命体假扮成人类，我们也没办法区分吧？"

"就算真的存在这种生命体，那他为什么要来地球呢？"

"可能没有理由吧。"

"啊？"

"严格来说，就像我们存在求生的本能一样，那种生命体可能也是如此。如果成为比人类更高级的生物，形态和思维方式都会发生变化。重视思考和意义不过是人类的固有习惯。"

真琴顿了顿，看向了歌。歌正在雪白的笔记本上画着旋涡，铅笔线条逐渐形成一个黑洞。真琴用手指摸了摸那幅画，指腹沾上了漆黑发亮的石墨。

"如果歌是辉夜公主的话，不知道对求婚的人有什么要求呢？"

听到真琴的话，歌突然停下了手里的动作，不满地摇了摇头。真琴不解地歪起头。

"哎呀,你不愿意吗?"

歌紧抿着嘴唇,指了指自己的脸。

"歌是人鱼公主。"

听着歌无比严肃的话语,真琴惊讶地睁大了眼睛。"响是——"歌刚想继续说下去。"行了行了!"却被响无情地打断,不用想也知道她接下来想说什么。

"响是王子。"

要是被真琴听到这些,响会尴尬到无地自容吧。

【side 歌】

夜晚的浮岛跟白天略有不同。废弃大楼飘浮在黑暗的夜空中,中间被剜出一个大洞,剥落的电线和钢筋从断面处垂落,如同一头龇牙咧嘴的野兽,给人一种毛骨悚然的感觉,令人不敢靠近。

屋顶长着茂密的植物,越过成簇的绿植,歌正独自一人站在那里。她捏着空荡荡的左袖,满怀心事地望着水面。城市绿洲中有一个小池塘,水面微微颤抖,荡起的涟漪静静地扩散开来。

有声音——"塔"那边传来泡泡的歌声。

歌抬起头。薄膜上的重力云交错折叠,如同康乃馨的花瓣,又如盛开的樱花般,在"塔"的四周绽放。

歌像是在回应泡泡的声音,也跟着哼唱起来。围绕"塔"的重力云中央闪烁着光芒。

突然,歌与泡泡融为了一体。

【side 响】

"你果然在这里。"

响刚跳上浮岛,便看到了熟悉的身影。听到响的声音,歌惊讶地回头看着他,脸上渗出的汗水顺着她的脸颊轻轻滑落。

歌依然穿着一件色彩鲜艳的水手服上衣,外面披着一件训练服。见响朝自己靠近,歌的表情有些紧张。那是一种胆怯,却又像安心的神情。

响没有继续靠近,在她面前停下了脚步。

"把手伸出来。"

歌用右手紧紧地抱着左边的袖子。响将手伸进连帽衫的口袋,掏出了一个礼物。那是一个手工吊坠,细绳上挂着一个旋涡状的小贝壳。

是那天歌特别喜欢的那个贝壳。

"这是庆祝初次胜利的礼物。"

说着,响不安地在裤子上擦了擦左手的手心。贝壳上的孔是他自己打的,可能觉得当成礼物有些寒酸吧,响紧张地咽了口唾沫。歌惊讶地睁大双眼,轻吐了口气,脸上满是欣喜之色。

响伸出的右手上放着这个吊坠。歌的双眼闪烁着光芒,像对待珍宝一般,温柔地将贝壳握紧。

"这样你就随时能听到海浪的声音了。"

开玩笑啦。响难为情地在心中补充道。见响朝自己投来微笑,歌也微微扬起嘴角。

"我今天终于明白了。"

垂在脸颊旁的头发,娇嫩的脖颈,纤瘦的身躯——响咬着嘴唇,将脸别向一侧——他紧张到不敢看她的脸。心跳加速,心脏的跳动声透过血管传到了指尖。

"怎么说呢……其实一直以来的那个我并不是真正的我。"

没有矶崎那般理智。

没有兔那般天真。

没有大泽那般温柔。

没有海那般果敢。

没有新那般有领导力。

更没有真琴那般成熟。

一直以为这样就好,于是放弃、远离一切,以为这就是自己。

我一直认为,我不过是他人人生的旁观者,从不奢求快乐和幸福。即便跟别人在一起,我也总是觉得孤独,所以我打一开始就放弃与任何人产生联系。因为,我不是正常人,我没办法变成正常人。

但我错了。正常这种东西,打一开始就不存在。

"歌出现后,我第一次成为自己。"

我也是第一次知道,原来两个人一起奔跑是那样快乐。偶尔相视一笑的喜悦,相互倾诉悲伤的信任——我突然意识到,自己以为缺失的那些东西,其实一直都在。

所以……

"谢谢你。"

整齐的刘海下,歌纤长的睫毛微微颤抖着,紫水晶般的眼眸随着角度的变换闪烁着耀眼的光芒。

浮岛上的泡泡开始发出微弱的光芒。一个、两个……发光的泡泡越来越多;粉色、淡蓝色……随着光线的变化,泡泡不断变换颜色;飘散在空中的泡泡闪烁着不同颜色的光芒,彼此独立,五彩斑斓地混杂在一起。

泡泡构成了一个彩虹般的世界,梦幻般的灯光将两人团团包围。两人四目相对,双方的眼眸中映照出了对方紧张而期待的神情。

"其实我——"

响向歌伸出手,想温柔地触摸她的脸颊。歌紧张地闭上双眼。响以为她不愿意,将手停在了半空中,他紧张地咽了口唾沫。

歌满脸通红,响亦是如此。见响迟迟没有伸手,歌战战兢兢地睁开眼,眼中夹杂着热切与不安,她轻抿嘴唇。

心脏怦怦直跳,仿佛要冲破胸口一般。响将左手紧握成拳,继续向歌的脸靠近。

歌再次紧闭双眼。

就在响的手即将触碰到脸颊的瞬间，世界响起了高亢的歌声。

甜美的音粒震动着空气。美妙与惊悚交织着，歌声听起来十分不协调，如同鲸鱼的叹息，宛若天使的合唱，又好似宇宙的低吟。

"这声音是……"

响和歌都僵在了原地——是泡泡的歌声，但旋律明显跟以往不同。

释放着光芒的透明泡泡将两人团团包围，空中也开始覆盖大量的泡泡。新出现的泡泡呈暗紫色，紫色泡泡相互交错，形成一个规则的泡泡旋涡，单调地交错旋转着。这种构造令响想起了分子结构。

泡泡无止尽地增长着，天空像那天一样，下起了泡泡雨。

【side 真琴】

内地刮起了龙卷风，至少真琴看到的是这样的。

"红塔"的顶端,细长的天线周围聚集着一团巨大的积云,如龙卷风一般向上延伸,覆盖整片天空。东京下起了密集的泡泡雨。

"怎么突然开始降泡了!"

真琴第一时间察觉到异样,骂骂咧咧地打开了观测室的显示屏。观测数据中出现了异常数值,连接总部研究小组的聊天框里快速滚动着学者们的发言。

真琴没有闲暇观看其他人的发言,她直接将聊天框晾在一边,站到了自己的电脑前。她对比了一下之前收集的数据,然后得出了最坏的结果。

"果然跟五年前一样。"

真琴冲出观测室,跑到了甲板上。原本在餐厅举行宴会的大伙不知何时都聚集到了甲板上。

海等人抓着护栏,茫然地看着上空。大量的紫色泡泡将天空遮得严严实实。

真琴用颤抖的手抓住护栏。

"第二次降泡现象!"

五年前的噩梦再次出现。对留在东京的人来说,这是挥之不去的阴影。

"必须马上离开东京!"

"可响和歌还没回来。"

真琴的语气有些强硬,兔抓着真琴的胳膊提醒道。海将手挡在嘴边,小声嘀咕道:

"那两个家伙不会还在那里吧?"

"你知道在哪里吗?"

兔激动地跳了起来。海没有回答,转身快步离开了甲板。

"等等我啊,海!"

兔慌忙追了上去。真琴没有理会他们,继续用从观测室拿来的双筒望远镜观测起了天空。

"这是什么啊……"

真琴有点不敢相信自己的眼睛,惊讶地嘀咕道。萦绕在"塔"顶的积云周围出现了许多厚重的雾霭。

吸积盘——真琴的脑中闪过这个词语。吸积盘指一种由弥散物质组成的,围绕黑洞和星辰旋转的圆形结构。

奇怪的雾霭在积云的周围旋转着,雾霭中释放出的红色光芒将"塔"衬得更为诡异。

"怎么有种世界末日的感觉?"

真琴茫然的嘀咕声飘散在了黑夜的大海上。

【side 响】

飘浮在空中的电车坠入大海。铁柱扭曲变形，建筑碎片也开始轰然瓦解。泡泡壁内的平衡遭到破坏，所有物体都开始坍塌。

一股紧张感袭上响的肌肤，毛孔张开，汗水不断涌出。脚下传来微弱的震感，幅度逐渐增大，整座浮岛开始倾斜。

大楼快速崩塌，歌差点被甩了出去，披着的蓝色连帽衫的袖子在风中飘荡。

"歌！"

响来不及多想，连忙伸手去抓歌的左手，但触碰到的却是袖子。训练服从她身上滑落，涌出的泡泡拂过响的脸颊。

响屏住了呼吸。

歌靠自己的力量调整姿势，她穿着的水手服的袖子下，有一侧空空如也。

"歌,你……"

歌露出一副泫然欲泣的表情,用右手抱着自己的身体。短袖下的左臂已经泡化,下面一截不见踪影。没有骨血,没有皮肤,什么也没有。

响惊得说不出话来,他不知道该说什么。见响没有说话,歌露出了十分受伤的表情,泪水在眼眶里打转。歌后退了一步,左臂上的泡泡随之飘落。

泡泡乘着风,来到响的面前。小小的泡泡在响的鼻尖上炸裂。

刹那间,响的脑中闪过一个画面。某样刺激本能的东西唤醒了响的每一个细胞,他的呼吸开始颤抖,身体随之战栗。

鲜明而熟悉的景象在眼前蔓延,响的意识被强硬地吸了进去。

黑暗中,耳边传来熟悉的哼唱声——是响时常能听到的泡泡的歌声。

宇宙在眼前蔓延开来。漆黑的空中点缀着无数星辰,缝隙间飘散着许多红色的泡泡。它们相互交缠,朝着漆黑的宇宙飘去。

宇宙的众多星辰中，有一颗响十分熟悉。那就是闪烁着蓝色光芒的美丽星星——地球。

泡泡的目标是地球上的某个点——东京的"红塔"。瞭望台上站着一个少年，那是五年前年纪尚幼的响。

响明白了，这是泡泡的记忆，而并非响的记忆。或者是，是另一个……"我"的记忆。

"我"透过厚厚的玻璃看着响。瞭望台周边分布着许多紫色泡泡。

"啊，泡泡！"

玻璃后方传来少女天真的说话声。察觉到异样，大人们开始四处逃窜。

但是，他站在原地纹丝不动。他取下耳机，仔细地侧耳聆听。

"是歌声……我听到了……"

与此同时，"我"也注意到了响的存在。

他用无比纯真的表情盯着"我"。鼻尖贴在了玻璃上，一点点被压扁。他慌忙用手背擦了擦鼻子，继续凑到玻璃前，试图看清窗外的光景。

十根小小的手指紧紧地贴在玻璃上，皮肤印出的指纹如同一个个小型的旋涡。

"我"静静地出现在他面前。玻璃上的"我"呈透明的淡蓝色。

淡蓝色泡泡，那才是"我"的真实面目。

因为偶然发现能与泡泡的声音产生共鸣的个体，部分泡泡脱离群体，偶然间产生了自我，因此才有了"我"的诞生。

"这首歌是你唱的吗？"

那双眼睛直直地看着"我"。"我"吓得浑身一颤，隔着玻璃凑到他身边。

"是你对吧？"

说着，他微微笑了笑。

好想听听他的声音，摸摸他的手心。内心的愿望无比纯真，正因如此，才能毫不犹豫。

"我"想得到他。

所以，"我"被困在了这个世界里。

"——为了能看到王子，人鱼公主浮上了海面。"

歌淡淡的说话声刺激着响毫无遮挡的耳膜。

幻象消失，响的意识再次被拉回现实。时间似乎没有流逝，两人依旧面对面站立着。

越过歌的肩膀，能看到后方的"红塔"，积云的外围包裹着神秘的红色光环。

"刚刚那是……"

响感到头部一阵剧痛，他按了按自己的太阳穴。紫色泡泡持续降落，各地的大楼开始倒塌，重力场彻底失控，许多建筑碎片在空中飞舞。

歌握着吊坠，悲伤地眯细了眼睛。眼泪在她的眼眶里打转。

"——人鱼公主的心快要碎了，因为今天是她最后一次见到王子。"

"今天是最后一次……"

歌将手里的吊坠挂到脖子上，转身看向"塔"。

"在呼唤我。"

她如此说道。

"必须要阻止。"

阻止什么？响还没来得及询问，歌便轻踏地面，驱动瘦弱的身体，在不断崩塌的楼间跳跃穿梭。

"歌，等等我啊！"

响来不及思考，连忙追了上去。他刚从浮岛跳向空中，视野突然被一团红色掩盖。

"嗯——"

周围的红色泡泡似乎早有预谋一般，迅速朝一个地方聚集，将响的身体彻底包裹了起来。响拼命挣扎，但无论怎么努力都无法挣脱。

"可恶！"

缠绕着响的红色泡泡开始坠落，它们试图将响拽入海里。

接触到水的瞬间，红色泡泡快速散开。响不清楚那些泡泡究竟有多少自主意识，但看得出来，它们在阻挠响前去找歌。响拼命挥动双手，将头浮出水面。

夜晚的大海本身就十分危险，加上受第二次降泡现象的影响，海里变得异常混乱。响边躲开海浪卷来的建筑碎片，边努力寻找跳跃的落脚点。但能落脚的地方几乎都已经坍塌，根本无处下脚。海水灌进嘴里，响感到呼吸困难。

要死了吗?

响感到身体一阵麻痹,逐渐失去意识。

就在响感觉指尖逐渐失去知觉的时候,远处传来一阵微弱的震动声,掀起的海浪不断拍打着他的脸颊。有什么东西正划开泡沫,笔直朝这边靠近。

一阵强光划破黑暗。

漆黑的海面上出现一道巨大的光影。

是"令洋"。

沐浴在灯光下的白色船体上写着硕大的"令洋"二字。

"快抓住!"

新从船的前甲板上扔下一个救生圈,上面绑着一根绳子。响拼命抓住救生圈,将头伸出海面,这才勉强恢复了呼吸,模糊的意识也迅速变得清晰。

新拽着绳子,把响拉到了甲板上。他给浑身湿漉漉的响递了条毛巾。

"先擦擦身上的水吧。"

"谢谢。"

响脱下湿漉漉的连帽衫,当场将水拧干,再将柔软的毛巾盖在脸上。直到这一刻,他才感觉自己又活了过来。

新总算松了口气。

"真是的，吓死我了！对了，歌呢？"

"歌她……不见了。"

回想起她逐渐远去的身影，响皱起了眉头。新似乎察觉到了什么，拍了拍响的背。

"总之，先去操舵室吧，大家都在那里。"

"好。"

不知为何，新的手心无比炽热。

"令洋"的船内一片混乱。

响刚踏进操舵室前方，便听到了队友们七嘴八舌的交谈声。海似乎在利用各设备自带的通话装置，从操舵室向外下达指令。

"前十三号都打开了！"

"开启了自动巡航模式，可以不用管了吧？"

机器里最先传来矶崎的报告，接着内线传来兔的叫喊声。

海将听筒贴在耳边，快速地操控起了手里的机器。

"好，就这样，你们都回来吧。"

因为海浪过于凶猛，船体剧烈摇晃。真琴一动不动地盯着电脑，试图与外界取得联系。大泽在帮助其他人进入"令洋"避难。

响和新登上楼梯，朝着操舵室走去。响握紧护栏，被眼前的光景惊得说不出话来。

因为大量泡泡降落，水位急速上升，越来越多楼房被淹没，扭曲的铁塔和拦腰断裂的楼房飘到了空中。

"东京沉没了。"

响下意识地嘀咕道。这确实是东京当下的惨状。

"我们回来了。"

新打开操舵室的门，朝着混乱的室内说道。见海没有在操纵轮船，响惊声说道：

"原来这船是自己在行驶啊？"

"不枉我平日精心维护。"

海说着，得意地扬了扬下巴。

"我们刚救了剩余的居民和在海里漂荡的送葬者队员。他们现在正跟电气忍者的成员一起待在下面那层的房间里。"

响看了看窗外，盘踞在"塔"上空的不祥光圈映入眼帘。

这时,耳边传来一阵震耳欲聋的共鸣声——是怪异、惊悚的泡泡歌声。明明声音这么大,其他人却毫无反应。

"这是泡泡的歌声。"

响轻声嘀咕道。只有旁边的新听到了他的话语。

"泡泡的歌声?"

"我一直能听到'塔'那边传来的歌声。"

响本以为新会嘲笑自己,觉得自己在胡说八道,但事实证明他想多了,新只是神色严肃地点了点头。

"说明'塔'也在呼唤你……"

也?还没等响把话问清楚,船体剧烈摇晃起来。为了避开前方坍塌的楼房,海大声喊道:

"转舵,向左转十度——"

"令洋"划开剧烈的海浪,向前驶去。前往底下执行任务的矶崎和兔终于回到了操舵室。

刚打开门,兔便大喊道:

"水位在逐渐上升!"

"有没有发送救援申请?"

面对新的提问,真琴严肃地回道:

"发送出去了,观测数据也发给了总部。但是,为什么会出现第二次降泡现象……"

"你在说什么?"

兔不解地歪起头,天真无邪的问题使得现场的气氛缓和了一些。真琴按了按眼镜鼻托。

"就是天上下泡泡的意思啊。自从五年前的那次降泡现象后,泡泡进入了休眠期。如今,听新闻报道说,不只是东京,世界各地都发生了大规模的降泡现象,跟五年前一样。"

"总部有预测这次的受灾程度吗?"

矶崎问道。真琴叹着气回道:

"因为上次的降泡现象,楼房坍塌和水灾导致大量居民死亡。如果第二次降泡现象规模扩大,恐怕……"

"恐怕?"

面对伙伴的催促,真琴无奈地答道:

"人类会走向灭亡。"

室内顿时鸦雀无声。响咬着嘴唇,一动不动地盯着自己的左手,始终无法忘怀滑过歌的左袖时的触感。

【side 真琴】

真琴呆呆地凝视着低头沉思的响的侧脸。她突然意识到情况紧迫，连忙将注意力放到了眼前的屏幕上。

她试图通过对比数据来推测当前的状况。

自从歌来到"令洋"后，重力场便开始发生变化，而且，有一种歌声只有响和歌能听到。两人一直能听到同一种歌声，而歌声的来源正是"塔"。

歌和"塔"必然有着某种联系。但如果说出来的话，响必然会义无反顾地前往"塔"那边吧？真琴很清楚在这种危险的状况下去"塔"那边意味着什么。

真琴下意识地用力按住屏幕。

"危险！"

兔尖叫了一声。船身剧烈摇晃起来，"令洋"没能避开倒塌的大楼，直接被卷了进去。窗户外，玻璃碎片散落一地。

"大家没事吧？"

新扶着墙壁，慌张地问道。海瞪着失灵的方向盘，咂了咂舌。

"可恶,走不动了。暂时停在这里吧。"

"意思是等待外部救援?"

兔不满地撇起嘴。

"是啊。"

新无奈地耸了耸肩。

"至少'令洋'不会沉没,要是能带着'令洋'一起逃到泡泡壁外就好了,不过,等待救援也不失为一个好办法。"

新说这话的时候,响默默地在衣柜里找起了救生衣。众人齐刷刷地看向正在穿戴跑酷装备的响。

响若无其事地对大家说道:

"我去一趟'塔'那边。"

"啊?"

"你刚刚说什么?"

兔发出了惊讶的声音。海露出难以置信的表情。真琴则心头一紧,暗暗心想:果然还是要去。

响果然还是要去"塔"那边。

"我要马上赶去'塔'那边,歌在那里。"

"响,你胡说什么呢?你想死吗?"

无视兔的质问，响将手放在门把手上。这时，新挡住了他的去路。

"别这样，现在不是做这个的时候。"

"我非去不可。"

"泡泡进入了活跃期，太危险了。"

"危险又怎样？"

"我的意思是，现在的'塔'非同寻常！你说不定也会变成我这样！"

说着，新卷起裤腿，露出自己的右腿——金属义肢暴露在了众人面前。

气氛顿时变得沉重。响咽了口唾沫。新放下裤腿，摸着自己的后脖颈说道：

"平时任性我可以不管，但现在去'塔'那边的话，你说不定会没命。你可别说已经忘了五年前的事情，我不希望再有人死在那里。"

"抱歉，新先生，即便如此，我还是——"

突然，海走上前，猛地抓住响的肩膀。他强硬地将响转向自己这边，拽起他的衣领。响没有反抗。

"你说的是真的吗？"

"嗯。"

"那不过是你的直觉，现在的泡泡处于十分危险的状态，要想去'塔'那边，必须得赌上性命才行。即便如此，你还是要去吗？"

"没错。"

响没有回避海的视线，他将手搭在揪着自己衣领的那只手上。

"我们一起去吧……"

听到响的话语，海惊愕地睁大了眼睛。他深吸了口气，眉头皱得更深了。

海咬着嘴唇，认真思考了片刻后，放弃似的叹了口气。他粗暴地松开手，故作轻松地说道：

"没办法了，仅此一次哦……"

"嗯？你说什么呢，海？"

无视满脸疑惑的兔，海也跟着装备起了救生衣。两人理所当然似的结伴离开了操舵室。

"喂喂喂，不是吧！咦？"

兔扭头一看，矶崎和大泽也在准备换救生衣。大泽边拿下衣架上的救生衣，边难为情似的说道：

"总不能让 BB 的王牌落水吧?"

"歌可是我们重要的战斗力。"

"怎么连矶崎也这么说啊。喂,你们真的要去吗?"

"该怎么做自己做决定吧。"

离开前,大泽将救生衣塞到了兔的手中。兔双手拿着救生衣,不知该如何是好,但他也只是犹豫了一瞬间。

"真是的,都是一些固执的家伙!真想看看你们的父母长什么样!"

说着,兔也快步走出了操舵室。新似乎也受到感染,跟着走了出去。

"你们几个,等一下!"

"新先生!"

见新追了上去,真琴连忙抓住他的手。

"你不能去!"

"可是……阻止他们是大人的职责。"

"话是这么说的没错,可'塔'那边有些东西只有响和歌能感知到,这点其他人应该也察觉到了。"

虽然知道自己早晚会为今天的决定感到后悔,但真琴还是决定相信响他们。

真琴用力握紧了新的手腕。

"东京跑酷大战是重视自主性的比赛对吧？"

而且，新之前也说过，远离危险虽然可以避免身体受伤，但心里的伤无可避免。

"如果不去尝试，不去冒险，到时会抱憾一生。"

新说出了与那时相同的台词。他的嘴角微微颤抖，随即轻吐了口气。他用左手捂着脸，轻声嘀咕了一句"真是伤脑筋啊"，无名指上满是伤痕的戒指闪烁着耀眼的光芒。

"所以，我也不能让自己后悔。"

【side 歌】

"塔"的瞭望台深处，里面一片漆黑。

那是一片窥不见一丝光亮的极致黑暗，中间有一个用地球语言无法形容的巨大物体。非要说的话，那东西就像一只眼睛。"眼睛"中央绽放着无数混沌的花朵，如同万花筒中的虚拟景象。花脉宛若一朵朵耀眼的向日葵，又好似失控的齿轮，散发着令人绝望的气场。

无数声音在空气中震动着。泡泡奏响的声音相互交错碰撞，形成令人毛骨悚然的旋律。

歌战战兢兢地伸出手，碰了碰处在核心位置的"眼睛"的表面。其实所谓的"眼睛"不过是由红色泡泡组成的。

——姐姐们希望人鱼公主能回到海里。

突然，歌回想起了真琴给自己读过的某个绘本故事里的内容。人鱼公主的姐姐们想把爱上王子的人鱼公主带回大海。

人鱼公主很想和姐姐们分享，告诉她们在地面的奇妙见闻，与她们分享爱一个人的感觉。

但人鱼公主的姐姐们拒绝了，因为海底不允许带外人进入。

歌闭上眼睛，用手指划了划中间的红色泡泡。

泡泡是由个体组成的群体。

单个泡泡看似独立，其实属于泡泡群体的一部分。用一个词概括就是有"集体意识"。

其实歌并不懂什么叫集体意识，因为这东西用地球语言没办法解释清楚。

非要说的话，对歌来说，那些遵循集体意识的泡泡就像故事里的姐姐。出生时它们便存在于那里，做着与自己相似的工作。虽然它们跟自己完全不同，但要想完全脱离，或被它们抛弃并非易事。

"姐姐。"

歌轻声嘀咕道，但红色泡泡没有回应她。歌已经无法通过泡泡获得集体意识，可能因为对泡泡群体来说，她是个错误的存在吧。

"还差一点，就差一点了，再给我一些时间。"

我好不容易坚持到了现在，但我已经到极限了。

照这样下去，我会没办法保护响他们。

"姐姐。"

歌再次对红色泡泡喊道，但她没有得到任何回应。

作为泡泡群体的一部分时，歌既没有感到幸福，也没有觉得不幸，只是不悲不喜地活着，与其他泡泡没有任何区别。那就是集体的理想状态吗？事到如今，答案已经无从知晓。

歌只知道自己犯过哪些罪行。

真琴读故事时的温柔语音在歌的脑海中不断回响。歌非常喜欢人鱼公主的华丽插画，那本书讲述的是人鱼公主拯救王子后,勇敢追逐爱情的故事。

　　姐姐们对人鱼公主说道:

　　——你必须快点回到海里,快点。

　　歌边回忆童话里的这个片段,边看向自己的左臂。

　　——否则你会……

"化作泡沫,消失不见。"

瞬间,红色泡泡吞没了歌的身体。

04

破 裂
DISRUPTION

【side 响】

"令洋"被各种建筑碎片挡住了去路,但停靠的区域离"塔"很近。通过肉眼可以看出,离"塔"越近,空中飘浮着的红色泡泡就越多。

波涛汹涌的大海,咆哮肆虐的暴风,变幻莫测的重力场,状况简直糟糕透了,但时间不允许拖延。

苍蓝火焰的成员聚集在前甲板上,进行最后的装备确认。

响蹲下来,查看喷射靴是否合脚。

"送葬者的那帮家伙,真是做生意的高手。"

兔晃了晃自己的脚,故意炫耀起脚上的喷射靴。海不满地噘起嘴。

"我们好歹把你们从海里救了上来,就不能便宜点吗?"

"好啦好啦,难得给我们所有人都准备了,就算了吧。"

"就是就是。"

在一旁安慰的矶崎和大泽也穿上了喷射靴。泡泡壁外的最新装备比想象中要轻。

"好嘞,来吧,老规矩!"

海、兔、矶崎、大泽四人像往常一样站成圆形,手重叠在一起——然后,一起看向响。

"响,你也来吧!"

海扯着嗓子喊道。响感到有些难为情,可这时候如果表现得很开心,未免有些奇怪。响只好故意板着脸走了过去。海似乎看穿了他的心思,意味深长地翘起嘴角。

响将手放到重叠的四只手上。

"苍蓝火焰!"

"燃烧殆尽!"

喝!五人气势满满地举起拳头。"令洋"的探照灯恰好照亮了前方"红塔"。

五人像跑酷大战出发时那样,在甲板上一字排开。距离正前方的那座"塔"越近,越是令人感到毛骨悚然。

"情况不妙啊。"

海皱起眉头说道。

"那些红色泡泡十分危险,它们会缠住目标。"

响指着"塔"周围的泡泡说道。

"真的假的?"

矶崎轻声嘀咕道。

"那必须得小心啊。"

大泽说着,点了点头。

"明白!"

兔气势满满地回道。

海扯了扯针织帽,稍稍压低身子。不同于举办宴会时的状态,此时的海十分严肃。

"这可不是普通的比赛,千万不能大意!"

"当然。"

响用力点了点头。

海的长发随风摇摆。响盯着"塔"的瞭望台。

"歌……"

那里有响朝思暮想的人。今天的任务只有一个——抵达此前从未抵达过的地方。

"预备……出发……"

海发出信号后,大伙齐刷刷地冲了出去。响穿过护栏的缝隙,动作麻利地跳下"令洋"。

平日作为落脚点使用的大楼多数已经沉没。坍塌的部分楼房墙体、钢管等设备,小汽车、电车、弯曲的镜子、扭曲的护栏等,各式物品飘浮在空中,时不时地袭向响等人。

响集中精力提防靠近的障碍物,操控靴子喷射水流,在跳起的瞬间猛地加速,跳跃的距离远超预期。这双鞋简直是得力助手。

虽然眼下形势紧迫,响还是畅快地扬起了嘴角。融入新技术的装备果然很新鲜。

"哇哇哇,这靴子好厉害啊!"

兔轻松跳到空中,发出了天真的欢呼声。"现在可不是玩的时候!"耳边很快传来海的责备声。

响踩着右脚,拧转身体,在空中翻了个身。以前因为没有落脚点,响一直不敢做这个动作,这次多亏了喷射靴。

这次应该有希望登上"塔"顶。

紧张感与兴奋感袭上心头，响咽了口唾沫。此前数次挑战登"塔"，但都以失败告终，响难免有些紧张。

瞭望台附近萦绕着厚厚的积云，还有红色泡泡阻挠响等人靠近。

响踩着建筑碎片，在铁架间穿梭跳跃，他沿着此前确认过的路线向上进发，整套动作如行云流水。

他先轻踏脚下的铁架，向上跳跃，抵达此前用小刀做标记的位置后，再猛蹬铁架，抓住铁杆向上回旋跳跃。

"八区……九区，十区，通关！"

多亏了喷射靴，响的移动速度比平时快出几个等级。"好快！"兔茫然地仰头看了看响。

"还有时间走神，泡泡来了！"

蹲在旁边铁架上的大泽用严厉的口吻提醒道。飘浮的红色泡泡时而聚集，时而分散，反复如此，如同一群小鱼。

响等人小心避开泡泡，在铁架间左右跳动，往"塔"的顶层靠近。开始一切顺利，但接下来的难度会大幅提升。

"塔"的中腹，重力场的变化区。刚踏入那里，响便明显感觉到了变化。袭来的紧张感使毛孔张开，额头不断渗出大量汗水，滴落到了响纤长的睫毛上。

"小心！"

海话音刚落，重力方向突然发生改变。从上往下变成了从下往上。还没等他们反应过来，又变成了从右到左。像神明的恶作剧一般，不断地改变着世界的规则。

响伸长手臂，抓住铁架。

"这到底是怎么回事啊？"

海贴着铁柱哀号道。

矶崎越过铁架，指了指海的身后。

"原因就是那个，有两个蜘蛛巢。"

"两个蜘蛛巢？"

大泽疑惑地歪起头，束在脑后的脏辫剧烈地摇晃着。

蜘蛛巢——重力异常引发的空间扭曲的统称，空间会突然发生变化的小型黑洞。越靠近"塔"的瞭望台，蜘蛛巢的数量就越多。而且，为了吸引周围的物体，蜘蛛巢会不断移动，挨到其他蜘蛛巢附近，借此改变重力方向。

矶崎指着的方向有两个蜘蛛巢，威力不同凡响。响下意识地皱起了眉头。

"这是……"

"啪嗒啪嗒，咻咻。"附近传来许多平时极少听到的声音。固定在"塔"上的铁架的铁板突然被掀飞、变形，被吸到了蜘蛛巢中。

"总之，千万别靠近，一旦被吸进去，绝对死路一条。"

"嗯。"

响听从海的指示，慎重地选择起路线。

这时，重力方向又发生改变——这次变成了从左到右。在队伍最后面的兔飘到了空中。他伸手试图抓住铁架，但没能如愿，整个人被甩了出去。

"要掉下去了！"

兔的尖叫声在"塔"内回荡。响用右手支撑着身体，猛地看向兔的方向。

"兔！"

所有人都意识到了情况不妙，但迟迟没有听到坠落引发的冲击声。

铁架缝隙间伸出了一条壮硕的腿，兔刚好抓住了那条腿的小腿部分。

"所以我才说这里很危险啊。"低沉的声音中带着一丝笑意。

听到这声音的瞬间，响紧绷的脸颊终于变得柔和了一些。兴许因为太紧张，响过了许久才反应过来。

"新先生！"

海欣喜地喊道。新蹲在铁架上，单腿伸到下方，难为情似的抬起头。不同于平时的打扮，今天的新穿着紧身连衣裤。衣服紧紧地贴着身体，将肌肉线条衬托得更为清晰。平时被运动紧身裤包裹的右侧义肢完全裸露在外，银色金属反射出耀眼的光芒。

新伸手拽起悬在空中的兔，长长地嘘了口气。

"在这里等着我！"

说着，新三两下登上了"塔"。虽然戴着义肢，但这丝毫不影响他行云流水般的动作。刚才被救起的兔身姿轻盈地跟在了新身后。

新跳到响等人所在的位置，撩起额前的刘海。他坐在铁架上，轻轻摸了摸自己的右腿。

海难掩惊愕地问道：

"那个，新先生为什么会来这里？"

"虽然很想说，我来这里是想把你们带回去的……但如果你们非要登上那座'塔'的话，还是让有经验的人带路比较好。"

"有经验？"

矶崎露出了惊讶的神情。新用一如既往的语气，若无其事地回道：

"我也跟你们一样，曾经干过很多傻事。接下来由我带路。"

"真……真的吗？"

海的眼中闪烁着光芒。"新先生终于……"海继续说道，声音里充满了期待与感动。对留在东京的众多年轻人来说，新是一个活生生的传奇。他在曾经的东京大赛上留下过出色的战绩，跑酷大战刚推出时，还以指导者的身份培养了众多跑酷选手。

尤其是海，他一直将新视为偶像，这种时候自然会比其他人更激动。

响沿着细长的铁骨走到新的身边。新没有看响，只是指了指"塔"的顶端。从下往上看去，"塔"的状态十分诡异。

"塔"的底座由众多三角形铁架构成。受爆炸和劣化的影响，部分位置已经破损，但基本没有太大影响。

问题在于通往瞭望台的区域。从"塔"顶到瞭望台的锥状四角部分依然保留着原状，但中间位置完全崩塌。不，"崩塌"一词还不足以形容这种光景。严格来说，是里面的东西全都消失了。

支撑着上面的部分铁架中间断裂，底座部分与上面完全分裂。尽管如此，"塔"依然存在于那里。

瞭望台往上的部分飘浮在空中。

因为铁架断裂，登到上面的难度变得更大。"塔"崩塌后产生的断片如同一个个大型攀爬架，早在瞬间被撕得粉碎。建筑碎片杂乱无章地飘散在底座与瞭望台中间的位置。在没有落脚点的情况下，只能通过那里前往瞭望台。

"你打算怎么做？"

听到新的提问，响定睛仰望上方。

"先绕过蜘蛛巢跳到上面，然后踩着断裂的主轴，前往瞭望台。"

"但最后的铁架距离目标有三十米，跳不过去就完蛋了哦！就算有喷射靴也——"

"这就是我来这里的目的啊。"

矶崎语气十分焦虑，新连忙打断了他的话语。

"我告诉你前往最后一个断片的路线。"

"可这样的话对新先生来说太危险了!"

响连忙反对。新微微扬起嘴角。

"我挑战的次数是你的几倍,路线我熟得很。"

新充满自嘲意味的话语撼动了响的内心。

"说明'塔'也在呼唤你……"

响想起了新在"令洋"说过的话,他的视线下意识地落到了新右侧的义肢上。

新或许和响一样,被"塔"的魅力所吸引,无法抵抗内心的诱惑,但也因此认识到了"塔"的恐怖之处。

掉入海里后,要是没有歌的帮助,响恐怕早已缺胳膊断腿——说得更严重点,可能连命都没了。

等响回过神来,新已经抓着他的肩膀。隔着衣服依然能感受到新手心的炽热。

"这里到中间裂缝的区域重力波的干扰较弱,我先跳到上面,你跟上来,抓住我的手后,我就——"

"把我直接抛到上面?"

响代替新补充完了后半句话。新点点头,他耷拉着眉毛,若无其事地笑了笑。

"但要是没抓住就完蛋了。"

"没事的。"

响握紧拳头,直直地看着新。

"我相信新先生。"

新垂下视线,温柔地拍了拍响的背。红色泡泡卷着建筑碎片浮到了空中,突如其来的震动感刺激着肌肤——新仰头看向上空——这是重力变动的征兆。

"我们走!"

新话音刚落,快步冲了出去。动作的轻盈程度完全碾压响等人。

动作流畅的跳跃,干净利落的步伐——尽管落脚点崩塌,即便受到震动和重力的影响,新依然平稳地疾驰着,身体的平衡丝毫没有受影响。

"好厉害!"

"那就是传说中的鸟王……"

袭来的建筑碎片成为新路线上的落脚点,他利用义肢巧妙地避开了障碍物。明明全是一些高难度技巧,可因为新的动作实在太流畅,总给人一种毫不费力的既视感。

新顺利地抓住了飘浮在空中的铁架断面。他右手抓着涂层剥落的红色铁架,左手伸到下方。

"这边!"

收到信号后,响等人开始奔跑起来。矶崎、大泽和兔用力举起紧挨着墙面的铁架,强行使其连接附近的铁架断面。

"支撑不了太久,快点过去!"

大泽厉声喊道。海和响相互使了个眼色。

断裂的铁架悬在空中,底下没有任何支撑,若是直接踩上去,很可能连着铁架一起坠落,所以三人要支撑到响和海顺利通过铁架。

海踩着摇晃的铁架,一口气冲了出去。响尽可能地紧跟其后。两人一边提防红色泡泡,一边顺着细长的铁架向前跑去。

"成功了!"

跳到对面的响朝三人举起右手。因为承受不住重量,铁架很快从三人的手中滑落。伴随着一阵刺耳的噪声,铁架连同其他碎片一起被吸入了蜘蛛巢。

"你还有闲情回头看!"

说着,海跳到了下一个铁架上。海现在所在的位置距离新大约有十米。

用普通的方式跳过去肯定不行。

"我送你到新先生那边,过来!"

海弓着身子,双手交握架在前方。跟对战送葬者时一样,海想让响踩着自己跳出去。

"拜托了!"

响一口气冲了出去。他从第一个铁架开始持续加速,朝着海所在的位置跃起,顺势落到了海的手上。

"把'旗子'拿回来哦,响!"

海拼尽全力向上挥动双手,响借助惯性用力跳起。

"要带着歌一起回来哦。"

背后传来海的声音。响快速穿过飘浮着的铁架缝隙,灵活地避开各种碎片,朝着新伸出手。

"新先生!"

"响,这边!"

突然,响感觉有一股巨大的力量在拉拽自己,他大幅偏离轨道,身体坠落的时间点比预期更早——后方的两个蜘蛛巢在不断地吸引响的身体。

"偏偏在这种时候,真是麻烦——"

新咂了咂舌，快速滑下铁架。他准确地预测出响的坠落点，提前绕到了那里。接着，他双手反向抓着铁架，朝响的方向抬起双腿。

新将鞋底朝向空中。响精准地落在了新的脚上，两人的鞋底完美重合。新顺利地接住了响，他弯曲双腿，用力向上一蹬。受冲击力的影响，新右侧的义肢发出了清脆的碎裂声。

"跳过去吧！"

新用双腿将响蹬了出去，响的身体快速腾到了空中，兔等人所在的位置以及海所在的位置全都变得十分渺小。

在重力的作用下，响的身体继续往上。穿过积云层，他看到瞭望台被一层透明薄膜包裹。巨大的红色泡泡将瞭望台完全包裹了起来，周围一带则散落着桃色的泡泡，给人一种毛骨悚然的感觉——但也透着一丝诡异的美。

响舔了舔嘴唇，侧耳聆听。虽然气流紊乱，但他依然能听到指引着他的泡泡的歌声。

终点就在眼前，机会只有一次。兔、矶崎、大泽、海……还有新，多亏了大家他才能走到这里，绝对不允许失败。

响睁开眼睛，轻轻碰了碰眼前的泡泡。为避免泡泡炸裂，响用手撑着泡泡，一个翻身跳到了另一个泡泡上。他再次用双手温柔地撑起，泡泡的弹力将响的身体推了出去。

响穿过了包围瞭望台的薄膜。薄膜没有碎裂，只是悄无声息地将响吞了进去。

响抓着"塔"的红色铁架，终于安心地长嘘了口气。

"成功了吗？"

响握着瞭望台下的铁架，看了看脚下。这里位置很狭窄，下方等间隔排列着许多铁杆。要想进入瞭望台，必须爬上这段狭窄的铁架。当然，相比之前的辛苦，这根本不算什么。

"响。"

响刚想抓住突出的铁架往上爬，下面突然传来新的声音。新正隔着红色薄膜注视着响。

"我之前没能抵达那里……但你一定可以。"

新顿了顿，朝响投来坚毅的眼神。

"你一定可以救回她。"

虽然毫无根据，但响却因为这番话倍受鼓舞。

响将视线别向一侧，用力点点头。

把歌带回"令洋",这是响当下唯一的目标。

响攀上铁架,来到了瞭望台的正下方。地板上的方形开口看起来很熟悉。这是五年前响踩着的那块透明玻璃的位置。当时这块玻璃十分坚固,后来因爆炸破裂并脱落,如今只剩下一个框架。

响小心避开碎片,穿过框架来到了瞭望台。

响朝里面看了一眼,异样的光景在眼前蔓延开来。

——好多人。

与母亲手牵手的女孩,趴在玻璃前的男孩,惊愕的大人们……众人一致看向玻璃墙外。

他们像是被冻住了一般,站在原地纹丝不动。他们早就不存在了,那不过是幻影,就像定格动画电影中的某个场景一般。

响依然记得这幅光景。

"莫非……这是五年前……"

这是爆炸发生前,大家看到泡泡时的场景。整个楼层萦绕着厚厚的重力云,瞭望台内依然保留着五年前的样子。

这怎么可能,简直像被施了魔法一般。响难掩动摇与困惑,用力握紧左手。指甲陷入掌心的肉里,袭来一阵剧痛。这好像不是梦。

"咕嘟,咕嘟。"响每走一步,脚下便发出奇怪的声音。他穿过定格的人群,观察起了瞭望台内部。

玻璃墙壁的一角,一个孩子正指着窗外。不知遇到了什么开心事,他的嘴角带着笑意。

"那是……我吗?"

响前阵子也见过年幼时的自己——跟歌在一起的时候,他也看到了相同的光景。

过去的模糊记忆逐渐变得清晰。

响当时听到了泡泡的歌声。瞭望台内陷入恐慌,但只有响听到了那阵歌声。玻璃窗外降落了大量的紫色泡泡。

其中有一个泡泡颜色截然不同,那是一个透明漂亮的淡蓝色泡泡。

"这首歌是你唱的吗?"

响隔着玻璃墙壁伸出手,淡蓝色泡泡吓得剧烈颤抖起来。年幼的响哼唱起那段旋律。响的声音与泡泡的歌声融为一体,产生了共鸣。

自打出生开始,响的心头一直有一处空洞,一处不管做什么都无法填补的虚无空洞。那处空洞的形状一定就跟眼前的淡蓝色泡泡一样吧。

声音重叠的瞬间,响明白了,现在的自己并非孤身一人。

突然,空中散落的泡泡朝一个点聚集。大量紫色泡泡聚集在一起,然后爆炸。墙壁上的玻璃被掀飞,冲击波袭向年幼的响。

"啪嗒。"

飘浮着的淡蓝色泡泡突然炸开,溢出的液体将响的身体团团包裹。泡泡一股脑地蹿进了瞭望台,时间像是倒流了一般,坍塌的建筑突然又恢复了原样。

这就是瞭望台时间静止的秘密。是泡泡营造出了这一处非现实的架空世界。

当时,响的身体被掀到"塔"外,淡蓝色泡泡瞬间炸开,将响的身体团团包裹。在爆炸的冲击下,满身是伤的响很快失去意识。响直到这一刻才知道,原来是淡蓝色泡泡把他放到了地上。

"原来五年前也是如此……"

在"塔"里被爆炸冲击波掀飞的那次,还有试图登上"塔"顶,却不慎坠海,差点小命不保的那次,是淡蓝色的泡泡——歌救了自己。

"但就算有高等生命体假扮成人类,我们也没办法区分吧?"

响无意间想起了真琴说过的话。当时的自己不愿思考,故意回避了这个问题。但现在,响可以给出明确的答案。

从一开始就不需要区分。不管是泡泡还是人,外形并不重要。

只要是歌就行,仅此而已。

被红色泡泡包裹的瞭望台内,时间还停留在五年前,就像置身于雪花球中一般,无比美丽,但没有丝毫生气。

响试图伸手触摸定格在原地的自己,可指尖刚触碰到肩膀,红色泡泡便从内侧喷涌而出。头、肩膀……所有人的身体如同坍塌的沙子城堡一般,瞬间化作泡泡,消失不见。静止的时间又重新流动了起来。

幻境破灭,化作红色泡泡,飘向虚空。扭曲的铁柱、碎裂的玻璃、破损的天花板……许多位置已经坍塌,透过眼前疮痍的景象能真切地感受到五年前那场爆炸的惨烈。

响回过头，看向崩塌的"塔"中央。建筑的裂缝处蔓延着无形的黑暗，宛若宇宙般的空间里散落着无数红色泡泡。

响不禁感到毛骨悚然。本能告诉他，那绝非人类可以涉足的区域。响下意识地咽了口唾沫。

黑暗中长着一只"眼睛"。不，将其形容成眼睛未免太不吉利。那就像发烧做噩梦时看到的光景，完全是一幅夹杂着虚幻与惊悚的巨大异形图。浑圆的"眼睛"中央释放着五彩斑斓的光芒。

响忍住想要逃跑的冲动，直视着那只"眼睛"。他睁着双眼，仔细地观察起眼前的光景。那只"眼睛"其实是泡泡，比响的身体还要大的泡泡。然后，不断扭曲变形的泡泡中央，有一个少女的身影。

没错！那正是响在寻找的人。

"歌！"

响不顾一切地跳入黑暗。突然袭来的强烈重力卷着无数碎片砸到响的身上。这个空间与蜘蛛巢十分相似，里面分布着一个重力场，与地球的规则截然不同。

无数碎片击打着响的身体，刺耳的声音震动着他的耳膜。那阵充满不安与恐惧的泡泡歌声正来自遥远上空的"眼睛"。响感觉有玻璃在划过头盖骨内侧，一股强烈的不适感袭上心头。他用力捂住双耳，但还是无法隔绝泡泡的歌声。

"歌！"

响再次大喊道。

"眼睛"中央的巨大泡泡似乎是无数小泡泡的集合体。淡蓝色泡泡想要冲出泡泡壁，但却被红色泡泡阻止。红色泡泡与淡蓝色泡泡相互推搡着，平衡即将被打破。

被红色泡泡包围的歌四肢再次化作泡泡。

"歌！"

这次歌听到了响的声音，任由对方摆布的歌在泡泡里轻轻挣扎起来。为了阻止她逃脱，"眼睛"突然膨胀。

"别过来，快走啊！"

双手被紧紧束缚的歌大声喊道。从她焦灼的表情可以看出，她已经拼尽了全力。

但是，要这样丢下歌不管吗？响可做不到！

至少要靠近她一些。响踩着碎片，重新调整姿势。他刚想克服重力向前奔跑，旁边突然蹿出一群红色泡泡。要是被那东西抓住就完蛋了。没错，响很清楚。

"响！"

歌惊声尖叫起来。响连忙跳到旁边的碎片上，拼命向前逃窜。红色泡泡依旧穷追不舍，响不知该如何是好，只能不断地向前跳跃。

像是在嘲讽慌不择路的响一般，红色泡泡突然出现在响的面前，挡住了他的去路。前后夹击，红色泡泡逐渐迫近。重叠的红色泡泡瞬间化作一个巨大的泡泡，将响的身体完全吞没。

泡泡内部充满了液体，即便张开口也没办法呼吸。响感觉自己快要窒息了，但红色泡泡依然不放过他，似乎铁了心想要杀死他。

响终于无力抵抗，四肢逐渐变软，视野和意识逐渐变得模糊。即便如此，响仍不愿挪开视线，他拼命地睁着眼睛。他的视网膜上映照着歌的身影。

歌咬紧嘴唇，眼里闪过一丝凛冽的光芒。那是人类下定决心时的表情。

"——人鱼公主看着王子，毅然跳入大海……"

歌以迅猛的速度冲出"眼睛"。被红色泡泡包裹的歌的手臂被巨大的冲击力撕碎，歌毫不犹豫地冲向包裹着响的红色泡泡。冲击力集中在泡泡壁的一点，红色泡泡很快像水球一样破裂。

歌的双手手肘以下部位不见了踪影，即便如此，她还是努力抱紧了响的身体。

歌身上溢出的大量泡泡升到空中，冲破了红色"眼睛"。

淡蓝色泡泡聚集到一起，迅速膨胀，将覆盖东京的巨大圆顶状泡泡壁撕出一个大洞。透明薄膜破裂，泡泡壁也随之消失。淡蓝色泡泡在空中飘散，分散的红色泡泡也开始逐渐变成淡蓝色。

失去守护之物的"塔"开始轰然崩塌。

"歌，你的身体……"

歌和响冲出瞭望台，朝着大海坠落。明明抱得很紧，可响却几乎感觉不到歌手臂的存在。构成她身体的淡蓝色泡泡在逐渐散开、飘落。

为了尽可能地抱住歌的身体，响用力搂住她瘦弱的身躯。歌的双脚已经不见踪影了。

为了夺回歌，仅存的部分红色泡泡依旧对响穷追不舍。

响用喷射靴踩着掉落的碎片，在空中疾驰。每动一次，淡蓝色泡泡便在空中飞散一些。歌的身体逐渐从响的怀中飘散。

追在身后的红色泡泡突然连成一条线，一点点将响和歌逼入绝境。响咬紧嘴唇，看了看周围，几乎无路可逃。

泡泡壁消失后，重力场似乎也随之消散。碎片和建筑物快速坠落，空中已经没有可以利用的碎片了。

响踩着倾斜的"塔"，极力避开红色泡泡的追击，也许这就是所谓的地狱舞步吧。响不敢停下脚步，一直紧绷着神经，席卷而来的焦躁感灼烧着他的内心。

该怎么办？要如何才能带着歌一起回去？

越是抱紧，歌的身体便崩塌得越快。即便如此，歌还是不想离开响。她将脸靠在响的肩上，静静地闭上了眼睛，纤长的睫毛下溢出的泪水与泡泡缠绕在一起。

"响。"

听到歌在叫自己的名字，响连忙看向怀里的歌。下一秒，歌毫不犹豫地将自己的额头与响的额头贴在了一起。

瞬间，响的脑中再次闪过清晰的画面。

刚刚明明一直在被红色泡泡追杀，可等响回过神来，却发现自己置身于浩瀚的宇宙中，蓝绿色的美丽地球就在响的脚下。

小学的时候，响在地理教科书中看到过宇宙视角的地图照片，他甚至清楚地记得日本的位置。

日本所在的位置上方飘散着白色的雾霭，雾霭上方覆盖着众多红色与淡蓝色的泡泡，泡泡们交错旋转，形成一个巨大的旋涡。

起初红色泡泡占领主导地位。突然，旋涡中央的淡蓝色泡泡炸裂，一口气夺回了大部分地盘。

肆虐的红色泡泡逐渐被淡蓝色泡泡群吞没。

"那些泡泡一开始就是这样。"

听到歌的声音，响惊讶地抬起头。宇宙中的歌依然是熟悉的模样：上衣袖口下的手臂完好无损，短裙下露出两条修长的腿。

"歌！"

响很想冲到她身边，可不知为何，他的双腿无法动弹。歌将蓝色发丝理到耳后，微微一笑。

"给你带来不便，真是抱歉。我快没有力气了。"

"为什么要道歉啊,我不要你道歉,我要你快点回来!海、兔、矶崎、大泽、新还有真琴,大家都在等着你!"

"嗯,对不起。"

"都说了,我不要你道歉。你没必要道歉啊。"

听完响的话,歌摇了摇头,她指了指下方的地球。

"响,那个是地球哦。"

"地球?那个不重要,我只想知道我们该怎……"

响陷入了混乱。歌没有理会他,继续静静地组织着语言。

"我们只是在宇宙飘荡的过程中,偶然抵达了那颗行星。"

"我们?"

"就是指泡泡哦。用地球的话来说,应该叫泡泡群。泡泡跟人体的细胞一样,是泡泡群的一部分。每个泡泡都没有意识,但都有着固定的作用。"

响看了看自己被划伤的手掌,上面残留的淡红色伤口已经结痂。对了,刚刚看到的红色泡泡像极了红细胞。响突然冒出了这种不合时宜的想法。

"泡泡群飘散在宇宙中,周而复始地净化着目标星球的生态系统，它们就是为此而存在的。然后，地球被选为净化对象。五年前的那天，泡泡想要彻底重置地球的生态系统。"

"彻底重置？"

"意思就是抹除所有生物，但途中发生了一点意外。"

那个意外就是响。歌若无其事地诉说着。她将手背在身后，为难地垂下视线。

"泡泡群会发出只有同伴能听到的共鸣声，之前从未发现有生命体能听到这种声音。但地球上的响是个例外，他拥有特殊的听觉，能听到我们的声音。"

泡泡群，宇宙，生命体，净化，共鸣声。进出的单词体量实在太大，响听得一头雾水。即便如此，响毫不怀疑歌所言的真实性。因为此前发生的种种怪异现象，都无法用地球上的理论解释清楚。

"为什么只有我能听到泡泡的声音？"

"不知道。可能只是巧合吧，还是说……这是命运？"

这究竟是真心话还是玩笑话呢？响无从判断。

"发现能听到泡泡歌声的生命体后，部分泡泡群发生了异变。"

"异变?"

"没错。"

面对响的疑问,歌微微一笑。她将手放到胸前,笔直地看着响。

"那就是我。"

说着,歌用手轻轻拍了拍自己心脏的位置。

"当意识到自己有了自我意识的时候,我十分震惊。因为泡泡群是十分古老的存在,在漫长的时光中,从未有泡泡产生过自我意识。对我来说,遇到响完全是一个奇迹,那种冲击力丝毫不亚于宇宙大爆炸。"

"……"

我也是。响很想这么说,可他早已惊讶得说不出话来。歌为难地垂下眉毛。

"对我来说,意识和自我非常重要。但在泡泡群看来,那不过是一个错误,我的存在也是如此。"

错误。响在口中反复咀嚼着这个词语。不知为何,这个词听起来机械而冷漠。

"泡泡群有集体意识,这能让所有泡泡合为一体,就像人的大脑一样,但我可以暂时停止大脑的作用。觉醒后,我的自我意识会优先于集体意识。"

"你的自我意识?"

"我不想失去响,仅此而已。"

"原来……"

响感觉胸口一阵发紧,他用力握住手臂。歌为什么要用泫然欲泣的表情诉说这些呢?她带着充满罪恶感的表情,诉说着自己想守护响的心情。

"当时,我将本该降落到全世界的泡泡转换成了一个巨大的泡泡,也就是东京的泡泡壁。因为我的擅自操作,泡泡群受到损伤,进入了休眠期。那期间,虽然生态系统的重置计划暂停,但泡泡迟早会觉醒。"

聚集在地球表面的红色泡泡逐渐消失,歌指尖缠绕着的蓝色泡泡调皮地弹开。

"虽是错误,但我毕竟是泡泡群的一部分,觉醒的集体意识试图再次侵占我的意识。然后,我试图侵入集体意识,延后重置的时间。因为我以为,只要让泡泡群再次休眠,我就可以像之前那样幸福地和响在一起。但事与愿违,我侵入集体意识失败。"

歌握紧张开的手掌,手中的淡蓝色泡泡再次快速弹开。

越过她的肩膀,响能看到奇迹般的耀眼星辰。

"那时候我再次明白,我已经没有时间了。要想阻止生态系统重置,就只能下定决心,改写集体意识。"

"决心,什么决心?"

"让人类的'歌'消失的决心。我必须做回泡泡。"

"为什么啊?谁规定你必须做回泡泡啊?说不定有其他办法啊!只要找到办法——"

"不用了,响。"

歌打断了响的话语,用力摇了摇头。

"我一直很害怕,害怕万一我是泡泡的事情被发现,会不会被响讨厌。还记得你坠海时的事情吗?"

"当然记得。是歌在'塔'下的海域里救了我……"

"没错。当时响吐出了许多泡泡,我利用泡泡里的信息幻化成人形。我一旦碰到响,就会变回泡泡。其他人没事,唯独响不行——因为我害怕万一我是泡泡的事情被发现,响会因此嫌弃我。"

"我怎么可能嫌弃你!"——能不能别用这种理由来擅自决定我的想法。要是能早点表明自己的心意就好了,那样就可以离歌的心更近一些,还能一起想其他办法。响内心翻腾,脱口而出:"不管……不管歌变成什么样,我都会珍惜。"

"谢谢你,听到你这番话,我好开心。"

"这有什么好开心的。我们还可以一起做很多快乐、开心的事情啊。"

响大声喊道。歌轻轻地说了声"对不起",声音小到快听不见。

"在遇到响之前,我什么也不懂。不知道什么是开心,什么是孤单……甚至不知道什么是活着。之前响说过'歌出现后,我第一次成为自己'。"

"没错,现在我依然这么想。"

响毫不犹豫地回答道。歌开心地眯细了眼睛,纤长的睫毛微微颤抖。她咬着牙,谨慎地组织起话语。

"遇到响之后,我才意识到这个世界是那么耀眼,那么美丽。但我从未想过,要是生态系统被重置,世界会发生什么。很过分对吧?我明明之前还是破坏世界的泡泡群的一分子,明明不久前还想着要净化地球。"

"那又怎样呢?"

人类也好,泡泡也罢,不过存在细微的差别。对响来说，从初次遇见的那刻起，歌便成了他心中特别的存在。

不管歌化作何种形态，响都会无条件地欣赏她，打心底关心她。

响强硬地挪动自己僵硬的双腿，肌肉仿佛要从骨头上剥离一般，剧烈的疼痛感袭向全身。汗水从额头上渗出，皮肤表面传来一阵强烈的麻痹感。

响难以用双腿站立，只得匍匐前进。他忍着剧痛，拖着遍体鳞伤的身体，用双手艰难地向前爬着，再痛他也毫不在意。

因为此刻，他想尽可能地靠近歌。

"快停下！你的身体会撑不住的！"

歌惊慌地大喊。无视歌的阻止，响继续奋力朝歌的方向爬着。近一点，还可以再近一点。响的右手指尖终于碰到歌的脚尖。不同于现实世界，即便碰到响的肌肤，歌的身体也没有变成泡泡。指尖碰到脚尖的瞬间，响突然有一种想哭的冲动。

歌蹲下来，抱紧趴在地面的响。她每眨一次眼，泪水便在眼眶中摇曳。很快，一滴泪顺着她的脸颊滑落，静静地濡湿了响的脸颊。

"歌……"

响喘着粗气,呼唤着她的名字。他伸出手,擦干歌脸上的泪痕。

"看,我可以碰你,我们可以一起生活。"

"嗯。"

意识因疼痛而开始变得模糊,即便如此,响的手指仍然切实地感觉到了歌肌肤的触感。只要在一起,便可以跨越任何困难,可以续写属于两个人的未来和梦想。

喉痛里传来一阵灼烧感。明明不想被歌看到这副模样,可眼泪还是不争气地从眼眶滑落。肺部传来一阵剧痛,响剧烈地咳嗽起来。即便如此,响还是要继续说话,因为他不想错过任何存在于这个世界的可能性。

"接下来想做什么?一起去海边也不错啊。现在东京没有海滩,可能得去远点的地方。"

"嗯。"

"对了,厨房的值班表里没有你吧,可以跟 BB 那帮家伙一起做煎蛋哦。"

"嗯。"

"还有,我们还可以一起参加跑酷大战……看,我们还有很多想做的事情。"

"嗯嗯。"

"所以,所以……歌,一直留在我身边吧!"

在一旁附和的歌终于难掩悲伤,痛苦地呜咽起来,喉咙也在不住地颤抖。她将额头靠在响的胸口。

"响,我现在真的很幸福。因为遇到你,我才成为自己。是你让我体会到了孤单的感觉,还有家的感觉。这就是——"

家,对吧。剩余的话语消失在了沉重的吐息中。歌将脸从响的胸口挪开,嘴角微微上扬,接着,两人十指紧扣。

"响,我现在好满足。"

响伸出沉重的手臂,从背后环抱着歌。他用力抱紧歌的身体,恨不得不再分开。

歌将嘴唇凑到响的耳边,幸福地闭上了眼睛。她平静地讲述起了那个熟悉的故事。

"——人鱼公主从漆黑的海底出发,朝着那束耀眼的光芒游去。"

漆黑的宇宙出现一束耀眼的光芒。

"——人鱼公主光是待在那里就觉得很幸福,对她来说，这段时光比任何事物，甚至比自己的性命还要重要。"

纯白的光芒照亮了响和歌，笼罩着两人的漆黑宇宙逐渐扭曲，响的视野逐渐变得模糊——看来梦要结束了。

歌静静地说道：

"——所以，即便知道自己的身体会变成泡沫，她依然毫不畏惧。"

等回过神来，响已经回到了现实。他抱着逐渐泡化的歌，快速地坠入海里。在两人体重的冲击下，海面溅起了巨大的飞沫。

为了避免歌的身体被融化，响拼命挣扎。他无心顾及口中溢出的泡泡，拼死朝海面游去。歌的眼睛已经几乎睁不开了，透过缝隙窥见的瞳眸如同一颗透明的弹珠。

"噗哈——"

响将头伸向海面，大口地喘起气来。"歌，歌！"不管怎么呼唤，怀里的少女都毫无反应。

响慌忙寻找可以抓住的漂浮物。他伸手抓住漂在海面的建筑残骸。右手碰到混凝土的瞬间，一阵剧痛感袭来。方才愈合的伤口再次裂开，鲜血化作红色的污点，印在了混凝土表面。响将歌的身体放在上面。

在崩坏的东京,响只能听见自己的呼吸声。歌的身体逐渐化成泡泡,响多碰一次,她的肌肤轮廓便多崩塌一分。

朝阳缓缓升起,歌淡蓝色的身体闪烁着柔和的光芒。濡湿的头发贴在脸上,描绘出流畅的线条。手臂上的泡泡不断地滑落到建筑残骸上,身体的轮廓逐渐消失。

"不要走啊,歌!"

响拼命拢起散落的泡泡,但不管他怎么努力,泡泡都会无情地从指缝间逃脱。

"等等我,好不好?"

响再也忍不住,悲伤地呜咽起来。他多想抱住歌的身体,可那里已经没有了任何触感。

她的身体震动着,化作无数耀眼的泡泡,纤长的睫毛微微扑闪,逐渐失去形状的嘴唇轻轻嚅动。

歌断断续续地说道:

"我们……有缘……再会……"

空留那句无法兑现的诺言在世间回响。

失去人形的淡蓝色泡泡从响的手中逃脱,一齐飘向了空中。纯真地闪烁着光芒的透明泡泡在晨光中熠熠生辉。

响拼命地拥抱着脑中的残影。

"歌!"

可那里已经空无一物。

喊到喉咙沙哑的痛哭声再也无法传达给歌。响握紧拳头,懊恼地砸向其上空无一物的混凝土,视野逐渐变得模糊,世界也随之扭曲。

响彻底失去言语,只是呆呆地念叨着歌的名字。这世间已经没有了他想守护的人。

"响。"

听到声音时,响的喉咙一阵干哑。他揉了揉红肿的双眼,艰难地睁开眼。

眼前落下一个旋涡状的小贝壳,这是歌最后挂在脖子上的吊坠,是响亲手为她做的略显砢碜的礼物。

响拾起贝壳,放到耳边。贝壳深处传来了类似海浪的声音,响很喜欢这种声音——歌也喜欢。

"响也真是的!"

再次听到有人叫自己的名字,响循声望去。苍蓝火焰的成员正驾驶着摩托艇朝这边靠近,刚才是真琴在叫他。

真琴在前面朝响用力地挥着手，后面站着海、兔、矶崎和大泽。

摩托艇拨开水面向前行驶着，溅起的飞沫与船体的震动声令响眯细了眼睛。

船刚靠近建筑残骸，兔便轻盈地跳了上去。

"歌呢？"

面对兔的提问，响默默地摇了摇头。他用力握紧手里的贝壳。

兔垂下眉毛，悲伤地抿紧嘴唇。矶崎取下眼镜，揉了揉眼角。大泽蹲了下来。真琴难以置信地捂住嘴巴。

所有人都露出了悲痛的神情，唯独海一如往常。

"这样啊。"

海轻声嘀咕完，从船上探出身子，朝响伸出手。

"好了，快点回去吧。"

响仰头看着海的手。海的眼睛被针织帽挡住，响看不到他的眼神。

响将吊坠戴到脖子上，轻轻点点头。不同于以往，如今响有了属于自己的归所。

响抓住海的手，隔着手套能感受到海手心的触感。用力握紧后，更能切实地感觉到对方的体温。自己的手究竟能抓住什么呢？刚刚那么拼命地挽救歌，到头来还是一无所获。

响默默地握紧了海的手。

他仿佛找到了失去之物的形状，眼角突然一热。他忍着涌上心头的悲伤，连着唾沫一起咽了下去。

登上甲板后，所有人都陷入了沉默。突然，真琴的声音划破了寂静。

"泡泡！"

响好奇地看向空中。头顶缓缓降落一个如雪一般寂静的淡蓝色泡泡。

——如同鲸鱼的叹息，宛若天使的合唱，又好似宇宙的低吟。

泡泡的声音在晨间清澈的空气中回荡。不，如今听到的不只是泡泡的歌声。

更是歌的歌声。

淡蓝色的泡泡群形成巨大的旋涡，逐渐将红色泡泡消灭。夜晚，肆虐的海水退去，此起彼伏的楼房崩塌声也终于停止，只剩淡蓝色的泡泡静静地降临世间，温柔而亲昵。

"啊……"

响将颤抖的手伸向泡泡。淡蓝色泡泡刚擦过响的指尖,便"啪唧"一声炸裂。

不断降落的淡蓝色泡泡,是歌拼死守护世界的证明。

尾声

【side 真琴】

崩坏与重生,循环往复。

自一百三十八亿年前的大爆炸以来,构成我们身体的元素曾几度聚集,化作星辰,燃烧殆尽后收缩,又再次释放。然后又化作旋涡,错综复杂,旋即又分离。世界的运转不过是在重复这些步骤。

生物降临,然后死亡,循环往复,直至未来。当有一天,世界的生命走到尽头,地球随之毁灭,我们仍会是浩瀚宇宙的众多巨型旋涡之一吧。所以——

"不觉得刺眼吗?"

倾泻而下的阳光突然被遮阳伞挡住，正用双筒望远镜观察赛况的真琴反应过来，仰头看了看覆盖着自己的黑影。

"新先生，谢谢。"

"虽然天气转凉了，但今天毕竟是晴天。"

"今天天气真好，不过，那些沉迷运动的孩子肯定会觉得热吧。"

"运动的时候反而不会觉得热，尤其是跑起来的时候，迎面吹来的风非常舒服。"

新撩起发带前垂下的刘海，愉快地眯细了眼睛。从他左手戴着的手表显示的时间来看，距离跑酷大战开始还有三十分钟。

今天是苍蓝火焰对战电气忍者。

"不过，自从那天起，东京街头发生了巨大的变化。"

真琴按住随风飘扬的头发，朝新笑了笑。新和真琴所在的屋顶正是此次跑酷大战的终点，靠着护栏的两人背后，插着作为终点标志的旗子。

真琴将上半身探出护栏，俯视起刚入秋的东京。

距离歌消失已经过去了几个月。

世界范围的降泡现象停止，覆盖东京的圆顶泡泡壁也随之消失。红色泡泡消失后,曾经高涨的水位也逐渐下降,被淹没的位置减少了三分之一。随着土地的恢复,东京的重建项目也在稳步推进中。

二十三区外调来了多辆起重机,用以清理倒塌的建筑残骸。为了建设全新的东京,工人们今天也在辛勤地工作着。

"虽然空中不再有建筑碎片和废弃车辆,但至少不用担心落水时会被蚁地狱吸走了,真是太好了。"

"那东西真是太危险了,看着都觉得可怕,还是现在更安全。"

真琴松了松肩。新摩挲着下巴,笑着附和道:

"说的也是啊。"

多亏了当时降落的淡蓝色泡泡,世界躲过了一场灭顶之灾。依附在淡蓝色泡泡中的歌的意志,改写了泡泡群的净化意识,化解了灾难。象征着毁灭的泡泡如今化作另一种形态,融入了这片土地。

淡蓝色泡泡如今依然零星地存在于东京,理所当然地飘散在空中。至于它们会带来怎样的影响,如今的科学也无法解释。

但真琴明白,这些泡泡泛着温柔的色彩。

新将手臂靠在护栏上,看向真琴。

"你也要试试吗?"

"试什么?"

"跑酷大战。"

"不不不不,我可不行。我是个运动白痴。"

"又没要你参加比赛,就是跳一跳,跑一跑,感受一下东京街头就行。基础技能我可以教你。"

"你教我……"

这条件确实……很有诱惑性。真琴很想点头答应,但现实不允许,毕竟她是个运动白痴。参考小学时代的体育课,不用想也知道,真琴绝对会在新面前丑态百出。

"但是啊,在爱情里面,傻瓜才是赢家。"真琴突然想起大学好友得意扬扬地说过的一句台词。说起来,好长时间没见她了呢,等东京的调查工作告一段落,也该邀请她出来见一面了。

只要活着,人生就有无数次机会。

"那个,我考虑一下。"

"这样啊。"听到真琴的话语,新好奇地眯细了眼睛。

看着新柔和的眼神,真琴顿时觉得自己脸颊发烫。为了掩盖自己通红的脸,真琴故意"啊啊"地大喊了几声,将上半身探出护栏,指了指苍蓝火焰所在的位置。队员们已经到齐,除了某人。

"响那家伙真是的,又独来独往。"

"他是去向那孩子报告了,应该很快就会回来吧。"

见苍蓝火焰的队员们朝这边挥手,真琴也跟着挥了挥手。与此同时,新感慨地说道:

"因为那家伙已经不是孤身一人了。"

【side 响】

即便经历了那天发生的第二次降泡现象,响的浮岛乐园依然存在。这栋建筑本就脆弱,那次能幸免于难,也算是奇迹了。

响登上锈迹斑斑的巴士,独自坐在其中一个座位上。比赛前十分钟必须去赛场等候,否则就会错过老土的喊口号仪式。如果不去的话,海肯定又会大发雷霆。

"响,你也太慢了!"想象着兔大喊大叫的样子,响下意识地嘴角上扬。歌消失后,响依然在东京生活。

无论失去多少,生活还是要继续。

但世界切实存在着自己与歌共同度过的那段时光的痕迹。

写有"歌"名字的塑料杯、未来得及归还的参考书、不知读过多少遍的绘本、笨拙的涂鸦、贝壳吊坠,以及遍布世界的淡蓝色泡泡。

响用手指摸了摸贝壳吊坠,仰头看向天花板。一个淡蓝色的泡泡轻盈地落在了响的鼻尖上,泡泡微微颤抖着,仿佛在偷偷发笑。

"最近BB连赢了很多场,要是你在的话,肯定会更厉害吧?"

响自言自语似的说道。没有人回应他的话语,但这样就好。

"要来为我们加油哦,今天也会赢的。"

像是在回应响的话语一般,淡蓝色泡泡在空中欢快地飞舞。微风穿过没有玻璃的窗框吹了进来,响眯细了眼睛。窗框的另一头,响曾经种下的波斯菊在风中不住摇摆,显眼的红色花朵在绿植丛中摇曳着。

小鸟叽叽喳喳地叫着,花草被风吹得沙沙作响。如今响打心底觉得,世间万物无比美好。

响从座位上起身,看了看空荡荡的车内。秋意盎然的景象令响心头一紧。夏天已经结束,东京也在不断改变,但在这瞬息万变的世界里,有些东西是永恒不变的。

响握着手中的贝壳,说出了那天的誓言。

"我们,有缘再会。"

解说

荒木哲郎

得知这部作品的轻小说由才华横溢的武田绫乃老师执笔时,我真的超级激动。说来真是抱歉,为了保证剧情的流畅性和画面的观感,动画电影《泡泡》在剧情上做了调整。在制作过程中,我们尽量将一些细节的描写和一些设定用"画面"的方式传递给观众。所以起初我不太理解轻小说的存在意义,甚至怀疑:没有画面的加成,故事会有趣吗?

但读过这本书的读者应该深有感触,以上想法完全是我杞人忧天。不可否认,我着实小看了文字的力量,真是深感抱歉。这部文字版的《泡泡》展现出了一个比动画电影更为丰富的世界,那是一种完全不同的感受。

小说有对每个角色的过去的描写,对细微情绪波动的刻画，让每个场景都变得更加生动了。动画电影因为尺度的问题，无奈进行了部分删减，能在小说里看到苍蓝火焰的义贼活动，我真的非常开心。

然后最重要的是泡泡的真实身份和目的。编剧虚渊玄老师的设定大部分没有在动画电影中展现出来。小说《泡泡》却用丰富的词汇饱含情感地表现了出来，真的十分感激武田绫乃老师。即便没有画面，不，有时只有文字才能真切地传递出这种情感。

这部作品的轻小说和动画电影虽讲述着同一个故事，但却是两个独立的作品。二者各有所长，结合起来欣赏，更易于理解当中庞大的世界观。

感谢武田绫乃老师百忙之中接下这份工作，希望我们在本故事中寄托的"情感"能传递给更多人。

本书以动画电影《泡泡》（导演：荒木哲郎；原作:《泡泡》制作委员会）为蓝本，由集英社文库编写而成。